踏み来し路の一つひとつを

奈良達雄

早春の尾瀬（沼田秀郷画）

まえがき

本書は日本民主主義文学会の発行する雑誌『民主文学』二〇一七年十一月号から一九年七月号まで、同じタイトルで連載したエッセイをまとめたものである。さいわい少なくない読者から、感想や激励をいただくことが出来た。ありがたいことだった。

依頼を受けてから書き始めるまでの期間が短かったので、構想を立てる暇もなく出たとこ勝負で書き始めるかたちになった。一回分をなるべく同じようなテーマでまとめたいと思っても、都合のよいエピソードが揃っている訳でないので、継ぎ接ぎになったところも少なくない。時間が飛んだり、入れ替わったりしたところもある。一書にまとめるに当たって、構想を整えたいとも考えたが、その時間も取れないので、若干の補足に止めることにした。

若い方には、戦前・戦中の考えられないような状況を知っていただけるだろうし、同年輩の方には、懐かしく共感していただけるところもあると思う。教育分野も政治分野も文学分野も充分な成果を挙げ得ず、悔いの残ることばかりだが、戦中の一時期を除いて、わたしなりに懸命に生きてきたつもりである。

小さな存在の生きざまを通じて、時代の推移の一断面を振り返っていただけたらと思う。

奈良達雄

二〇一九年十月

踏み来し路の一つひとつを

目次

I章　戦時体制の中で——少年時代

II章　教師への道――戦後の混乱を越えて

Ⅳ章　バッジのない国会議員――党専従者への道

【写真・図版】
『女たちの昭和史』（大月書店）
『子どもたちの昭和史』（大月書店）
『国政革新をめざして』（奈良達雄後援会）
ほか

I章　戦時体制の中で——少年時代

1　悪ガキのころ

ブロマイドの籤《くじ》

小学校三年生の時、大相撲一行が古河《こが》の町にやってきた。一九四一（昭和十六）年、太平洋戦争突入直前の夏のことだった。

いわゆる地方巡業というものだった。近くの広場に土俵が築かれた。小さいころからこの広場は「相撲場」と呼ばれていたが、何度も巡業を迎えていたのだろう。父と一緒に見物に行った。「初っ切り《しょっきり》」が面白かった。

それからである。相撲が好きになって力士のブロマイドを集め始めた。遊び場だった西光寺という寺の境内にある「だんご屋」という駄菓子屋で売っていたのである。

ブロマイドは紙の袋に入っていて籤になっていたから、誰が出るか分からない。そのころ断

男女ノ川

然人気のあった双葉山、茨城県出身の男女《みな》ノ川《がわ》や鹿嶋洋《かしまなだ》などを当てたくてだんご屋へ通い続けた。

二十枚ほどたまったころ、あることを思い付いた。写真の一部を見ただけで力士の名を当てる。そうしたらみんなが驚くだろう、と思ったのである。力士の顔や化粧回しは勿論、髪型や肩の筋肉の付き方、足の形までしっかり頭に刻み込んだ。

或る晩、父に試して見せることにした。

「お父さん、ここにお相撲さんのブロマイドがあるだろ。この中のどれでも手で隠して、少しだけ僕に見せて……。お相撲さんの名前を当てて見るから……」

「ほう、お前はそんなことが出来るのか。じゃ、下の方を隠してこれは誰だ？」

「お父さん、顔を出してたらすぐ分かるよ。能代潟《のしろがた》だよ」

「そうか。じゃあ今度は顔を隠しちゃおう。これは？」

「だめだよ、お父さん。鯱《しゃち》ノ里《さと》の化粧回しが丸見えじゃないか」

「なるほど、それじゃ足だけ見せる。これは誰だか分からないぞ」

「うーん、もしかしたら名寄岩《なよろいわ》じゃないか」

「当たり、大当たり。凄いね」

「よし、それじゃもう一人、これはだぁーれだ？」

「えーと、それは羽黒山」

と得意になって当てていった。（最近テレビで、相撲ファンの女優・紺野美沙子さんが同じことをやっていたが、すべて的中。見ていて微笑ましかった）

次の日曜日、父が実家へ私を連れて行くという。近くの沼で菱の実が採れるので喜んでいたら、

「相撲取りの写真を持って行くんだよ」

と言われた。伯母や従兄弟たちに見せようということらしい。

父の里は今は加須《かぞ》市になっているが、そのころは「藤畑の家」と呼んでいた。

「達雄はね、相撲取りの写真のごくわずかのところを見るだけで、名前を当てるんだ。やって見せるから……」

実演が始まった。調子に乗って、覚えているだけ、

「二十九貫、右四つ、寄り切り」

などと言い添えると、

「ほうっ」と歓声が上がったりした。

ブロマイドの袋は籤になっていた。当たり外れよりも、「双葉山が出ないか」「男女ノ川が当たらないか」とそればかり気にしていたが、或る日その男女ノ川のブロマイドの裏に「2等」とスタンプが押してあり、葉書ほどの大きさの名寄岩をもらったのだった。

当たりの入った袋と束ねてある残りの袋を比べてみると、ただ文字や写真、挿絵などが刷ってある紙の袋だが、ほんの少し感じの違う袋があった。今考えれば当たり籤と外れ籤は工程が別だったのではないか。例えば『キング』と『主婦の友』の古雑誌をばらして袋を作れば、風合いが違うのは当然である。

しかしその時はそこまでは分からない。「どこか違う」くらいのもやもやで胸がドキドキしていた。「どこか違う」くらいの曖昧な基準で「どこか違う」籤を引いた。思惑は当たった。1等が出るか3等が出るかは分からないが、とにかく毎回当たり籤を引いたのである。

「タッちゃんはよく当てるねぇ」

だんご屋のおばさんが感心しているうちはまだ良かったが、そんな呑気なことを言っておられなくなった。新しい力士のブロマイドの束がお店に着いた時、偶然店に居合わせたタッちゃんが真っ先に1等の籤を引き当ててしまったのだ。1等は化粧回しを締め右手に太刀を持つ大きな双葉山の写真、タッちゃんが望まない訳がなかった。

おばさんは慌てて、

「タッちゃんお願い。この双葉山、しばらくおばさんに貸しておいて頂戴。これがないと籤が売れなくて、おばさん困っちゃうのよ。籤が売れたらタッちゃんにきっと返すから……。ねっ、双葉山持って行かないで……」

「じゃ、おばさん、1等はもう出ないのに、僕のお友達を騙そうと言うの」

「タッちゃん、そんな怖いこと言わないで、分かってよ。ねっ、おばさんの言うこと」

頼まれると弱かった。いつか注文したばかりのところてんを上級生が間違ってこぼしてしまった時、黙ってもう一本突いてくれたことがある。蠟石《ろうせき》筆を買いに行った時、「これ割れちゃってるから、お金いらない、タッちゃんに上げる」とお金を受け取らなかったこともある。

「分かった。でも籤が売れたら、双葉山僕に返して。きっとだよ」

「ありがと。タッちゃん、恩に着るね」

それからも何故《なぜ》籤に強いか話さなかった。

解剖の失敗

文房具屋で解剖器セットを見て無性に欲しくなった。ピカピカ光るメスがたまらない魅力

だ。だが、少しの間小遣いを我慢しても買える値段ではない。父にねだると、

「買ってやってもいいけれど、三年生で解剖の勉強などするのかい？」

と訊かれた。すると横から兄が口をはさんだ。

「何でもすぐ欲しがるのは達の悪い癖だ。解剖の勉強は上級生になってからすることだ。その時は学校に交代で使うだけの解剖器セットが用意してある。それを使えばすむことだ。今から買ってもらわなければならない必要はまったくない」

ぴしゃりと言われてしまった。

「兄さんの言うとおりだよ。その時になってどうしてもと言うのなら考えるけれど、今は我慢しなさい」

父からたしなめられると、もう何も言えなかった。

夏休みに入る前、雑誌に「壊れたこうもり傘の骨で解剖刀が作れる」と書いてあるのを目にした。やってみたくなって物置を探したら、丁度いいのが見付かった。鉈《なた》で適当な長さに切って、斜めの切り口を砥石で研いでみた。切れそうだが、もっと格好のいいメスが作りたくなった。

どうしたら鉄を薄く延ばせるかである。考えたら末、太い釘を列車に踏ませてみることにした。そのころの鉄道は線路沿いに柵はなく、どこからでも立ち入ることが出来た。太くて

長い釘を一本買ってきた。金物屋のおじさんが変な顔をしていたが、かまうことはない。

駅から離れた所まで歩いて行って、線路の上に釘を載せることにした。

もし運転士さんに見付かったらどうだろう。汽車を止めてしまったら騒ぎにならないだろうか。いやこんな釘一本だ。高い運転士席から見えやすまい。かりに気が付いたとしても、その時はもう踏みつぶして行ってしまうだろう。そう思うことにした。

東北本線の下りの線路に釘を置いて近くの木立の中に隠れるようにして汽車の来るのを待った。そのころは今よりずっとまばらなダイヤだったせいもあるが、随分待たされた思いがした。心配になって止めようかと思い始めたころ汽笛が聞こえた。ドキドキしながら見ていると、汽車は何事もなかったように走り過ぎて行った。

少年時代の著者（'左から２人目）

　飛び出して行くと、探す間もなくぺちゃんこの釘はあった。思ったほど薄くない。とても刃なんか付かないだろう。安心とがっかりが一緒に来た。
　もう一度踏ませることにして、今度は上りのレールにつぶれた釘を載せた。辛抱強く待って列車を見送ったが、結果は殆ど変わらず、所詮は子どもの浅知恵に過ぎなかった。

いつだったか女優の早見優さんと松本伊代さんが、線路内で写真を撮ったというので書類送検されたことがあったが、私の場合はとっくに時効になっている筈である。

メス作りは諦めて、こうもり傘の骨を研いだ。

数日後、親友のY君が遊びに来た。早速解剖刀？の話をすると、見せてくれと言う。

「これ？　切れるかなあ」

「切れるさ。何か解剖してみるか」

と訊くと、

「蛙でもいればいいけど……」

と言う。

「金魚はどうかな？」

「金魚？　金魚でもいいけど怒られねぇか？」

言い出した手前もある。金魚鉢から母が飼っていた和金を一匹捕まえてきた。

「俺にやらせろ」

とY君が言う。井戸の流しのコンクリートの上で解剖が始まった。金魚はバタバタ暴れ出

したが、Y君はうまく腹を裂いた。かわいそうな気がしたが、

「この袋があるんで、金魚は水に浮くんだな」

とY君は冷静に言う。

死んだ金魚は庭の隅に埋めて墓ということにした。

「金魚が一匹足りない。どうしたんだろう？」

母がお産の介添えから帰ってきて騒ぎ出した。

「ミイ子が食べたんだろうか？」

などと言っている。ミイ子とは、我が家の飼い猫である。

「ミイ子が罪を被ってくれたら……」

と祈る思いだった。だがそうはいかなかった。女中（当時の呼称）のKさんが見ていたのだろう。その夜、母に叱られる破目になった。

「どうしてお前はそんなかわいそうなことをするの？」

黙っているしかなかった。

「それで何が分かったっていうの。言ってごらん」

「金魚がどうして水に浮くのかが分かった」

とY君の受け売りをした。しばらく母は黙っていたが、

「それで金魚はどうしたの？」

「庭にお墓を作った。……ごめんなさい」

母はそれ以上何も言わなかった。

やっぱり蛙を捕まえてからにすればよかったと思った。

馬の尻尾

西光寺の墓場の南側は生け垣になっていた。垣に沿って駅前通りが東西に走っている。その通りに釣り堀が出来た。

親友のM君が早速言ってきた。

「奈良君、駅前通りに釣り堀が出来たの知ってるか」

「うん。行ってみるか」

「鯉や鮒がいっぱい釣れたら、俺は池を作って飼ってみたいんだ」

「ちっちぇい水族館みてぇなもんだな」

水族館なんて行ったこともないのに、そんな夢をふくらませていた。

行ってみると、餌を付けて魚を釣るのではなく、碇のような形の針を口に引っ掛けて釣り上げるのだった。子どもの小遣いで借りられる竿には人の髪の毛に針が付いているもので、小さな鮒にもすぐ切られてしまう。

何日か通ったが、やっとのことM君が釣り上げたのは、食用蛙のオタマジャクシだけ。何とも貧し過ぎる水族館だった。

「奈良君、おめえ悔しくねえか？　何回行ったってすぐ糸を切られてしまう。小せえ鮒だって釣れやしねえ」

M君は不満をぶちまけた。

「だけど俺たちは金がねえから、強い糸の付いた竿は借りられねえからな」

役にも立たない愚痴をこぼしたら、

「だからよ、俺は考えたんだ。奈良君、おめえ糸に何を使ったらいいと思う？」

「さあ、何がいいかなぁ」

と考えていたら、

「俺は考えたんだ。強い糸を使えばいいんだべ。俺は馬の尻尾がいいと思うんだ」

「えっ、馬の尻尾？」

と息を呑んだ。

「そりゃ強いに決まっているけど、どうやって釣り堀に持ちこむんだい？」

「俺に考えがある。とにかく奈良君は馬の尻尾を抜いて来てくれ」

何か分からないが彼の真剣な口調に、

「うん、分かった」

と応えてしまった。

そのころ古河の丸通《まるつう》には馬車部というのがあって、駅近くに馬が何頭もいた。多くは農家が肥料や飼料を運んでもらっていたようである。ポッカポッカとのんびり蹄の音を響かせながら、ゴムのタイヤを付けた荷車を牽いて行く、そんな光景がいくらも見られたものである。

栗の木材で柵が作られていて、仕事がない時の馬は柵に繋がれていた。さて、馬の尻尾をどうやって抜くかだ。まともに後ろから抜こうとすると馬に蹴られる恐れがある。

仲仕のおじさんや馬車部のおじさんの昼飯時を狙って、見付からないように柵に上り、馬の脇の柵に跨った。

尻尾の毛を一本掴むと、えいっとばかり引き抜いた。そろそろと馬の左側に柵を隔てて降りると、一目散に逃げ帰った。

M君を呼び出すと、

「うまく抜けたな。俺は奈良君が馬に蹴られやしねえかと心配してたんだ。よかったよかった」

と言った。馬の尻尾の毛を手渡すと、彼は両手で引っ張った。

「強いや。これなら何だって釣れらぁ」

とニコニコしながら言う。

「じゃあ、早速支度に取り掛かってくれ。これがこの間水槽から拾っておいた針だ。馬の毛をしっかり結んでくれ。これが高箒《たかぼうき》から引っこ抜いておいた竹だ。釣り堀の竿とちっとも変わらねえから、おばさんに分かりっこねえ」

M君は早口でまくし立てる。何という手際のよさだろう。すっかり感心してしまった。用意は整った。

「いいか、奈良君がこの竿を持って、釣り堀の近くの墓場の中で待っている。俺は一人で行っていつものように安い竿を借りる。それから周りの見回して、あれ、奈良君がいねぇや。どうしたんだべと言って出て来る。そして墓場の中で竿を取り換えるんだ」

なるほど、上手いことを考えたものだ。よし、早速やってみようということで、店の中でのやりとりが聞こえる場所で耳を澄まして待つことにした。

「あれ、奈良君がいねぇや。どうしたんだべ」

名演技が続いて彼が出て来た。すかさず竿を取り換えると、何食わぬ顔で店に戻って行った。

しばらくして今度はこっちの番。慌てた顔で店に飛びこんで、

「ごめんごめん、遅くなっちゃって……。おばさん、僕にもいつもの一銭の奴を頂戴」

と、その場をつくろった。

M君のバケツを覗くと案の定でかい奴が入っている。ほどほどにしないと、おばさんに怪しまれる。M君に目で合図すると心得たもので、彼は一メートルはありそうな鯉に引っ掛けた。凄い水しぶきが上がる。おばさんの目が光った途端に水しぶきが止んだ。M君は、

「畜生、やられた」

と、さも悔しそうにつぶやくと、バケツを持って外に出た。糸の切れた竿を投げ出して彼の後を追った。

数えてみると鮒が二匹、鯉が一匹、鯰が一匹入っていた。

「凄いな」

「うん、馬の尻尾はやっぱり強い」

二人は喜び合った。ところが、そこが子どもである。馬の尻尾が竿からほどけ、おばさんにまんまと毛を拾われてしまっていたのだ。

翌日、近くの親戚にお使いを頼まれ、釣り堀の前を通ったら、M君がおばさんに叱られていた。

「今度だけはケイサツに話さないでおくけど……」

という声が聞こえた。ケイサツという言葉にどきっとした。通り過ぎる訳にはいかない。〈共謀罪〉の犯人は慌てて店に飛びこむと、

「おばさん、ご免なさい」

と頭を下げた。

2 戦時体制の中で

戦果の間違い

太平洋戦争が始まった小学三年生の二学期、十二月八日のことであった。

七歳年上で、古河商業学校四年生の兄は、画用紙を表紙に当時藁半紙と呼んでいたざら紙を綴じて、「勝利の記録」なるものを作った。表紙には得意の漫画で落下傘兵が斜めに大きく描

太平洋戦争で戦死した兄美都男の描いた「平和なるスケート場を荒らすのは誰か」と題する漫画。手前に氷を割っている米・英の首脳ふたり、離れて肩を組む日本の東條英機、独のヒトラーらが描かれている。

かれてあった。

そのころ兄は雑誌『キング』に漫画を投稿して賞金をもらったり、田河水泡《たがわすいほう》に師事していたらしく、批評が届いたりしていた。兄はその「勝利の記録」を私に渡しながら、

「いいか達、これに戦争を記録していけ。早速真珠湾攻撃の大戦果を書いておけ」

と言い、

「兄さんは米本土上陸をやる。お前は英本土上陸をやれ」

と言った。今思えば、何と乱暴で好戦的な物言いだが、そのころの青年はそれに近い教育をされていたのだろう。

十二月九日の新聞には、「九軍神」の記事が紙面を大きく飾っていた。特殊潜航艇五隻が大きな手柄を立て、壮烈な最期を遂げたという。三年生の頭で不思議に思ったのは、五隻で行ったのなら二人乗りなのだから十軍神でなければならないはずだと。

一人が米軍の捕虜になっていたのを外電で知った大本営が、国民に真実を知らせず、九軍神

としたのだということは、戦後随分経ってから知らされたことである。戦果は航空機によるものだったが、戦意高揚のために、還らなかった潜航艇の手柄にし「軍神物語」に仕立てたのであろう。だが軍国少年は、「隊長は偉いから一人で乗って行ったのだろう」と結論付けたものである。

帝國米英に宣戰を布告す

西太平洋に戰鬪開始

布哇米艦隊航空兵力を痛爆

宣戰の大詔渙發さる

太平洋戦争開戦の大本営発表を報じる新聞。

ルーズベルト大統領は、拿捕した特殊潜航艇を晒しものにし、日本に対する敵対感情を煽ったという。

その翌々日には、またまたラジオから「軍艦マーチ」が鳴り渡り、マレー沖でイギリスの主力戦艦撃沈のニュースが流された。胸を躍らせて「勝利の記録」に書きこんだのは言うまでもない。

翌日の全校朝会では、早速T教頭が高い朝礼台の上に立って声を大にした。

「みなさん、先おととい日本は世界の平和を乱すアメリカやイギリスをこらしめるために、戦争を始めたことは知っていますね。きのうはマレー沖で、イギリスが自慢していた大きな戦艦キングオブウエールズ号を沈めたんですよ」

と話し始めた。軍国少年は耳を疑った。

「違う違う、教頭先生。プリンスオブウエールズですよ」

思わず叫んでいた。

級長だったわたしは列の先頭にいた。何人かの先生が気付いたらしく、わたしを見たようだったが、何事もなかったように、

「……皆さんも兵隊さんに負けないよう、勉強に励んで下さい」

と話は締めくくられた。

朝礼台の前へ飛び出して行って訂正を求めるべきだったのに、とっさのことで構えが出来ていなかったのである。

兄の工具

N飛行機に勤めていた兄が休暇で帰ってきた。

「達におみやげだ」

と言って、ピカピカ光る金属片を二つくれた。マッチ箱より少し小さいくらいの大きさで

ある。

「もう使えなくなったコウグだ」

と言った。「工具」と書くと教わった。兄が工場で使っていて、すり減ったのか割れたのか知らないが、小学生には何か宝物のように見えた。

尖ったところで藁半紙を切ってみると、切れる切れる。適当な大きさに切って綴じ、メモ帳を作った。一方が薄く削《そ》いである感じのところを使って鉛筆を削ろうとしたが、これはうまくいかなかった。芯を尖らしたらうまい具合に細くなった。字を書いてみたら細く書ける。

次の日の作文の時間に、「兄さんにもらった工具」という題で書くことにした。

「休みで帰ってきた兄さんが、僕に『おみやげだ』と言ってピカピカ光るメダルのような物をくれました。兄さんはこれを使ってゼロ戦つくっているのです。兄さんのつくるゼロ戦は米英げきめつに役に立っているのです。今兄さんからもらった工具で芯を研いだ鉛筆で、この作文を書いていますが、なんだか兄さんにはげまされているような気がします。兄さんがゼロ戦をつくっているようすを思いうかべると、僕も兄さんのように、お国のために役立つ人にならなければと思います。ピカピカ光る工具は僕のたからものです。兄さんありがとう」

などと書いて先生に出した。

家に帰ったら、兄が工場の寮に帰るところだった。

「兄さん、もう帰るの？　今度はいつ来るの？」

「そうたびたびは帰れないよ。工場の仕事は忙しいからな」

「兄さん、僕ね、今日作文の時間に兄さんからもらった工具のことを書いたんだよ。僕のたからものだって書いたんだよ」

　と急きこむように得意になって話したら、兄がたちまち顔色を変えた。

「達は子どもだなあ。うっかりしたことは出来ないな。たとえ古くなった物とは言え、軍需工場から持ち出したなんてことがお上に知れたら、兄さんの手が後ろに回ってしまうかもしれないんだぞ。今日本は戦争してるんだぞ」

　褒められるどころか怖いことになってしまった。心配でたまらなくなった。

「あの優しいS先生が、僕の作文をケイサツに渡すだろうか。そんな筈はない」

　そう思いたかった。

　二日ほどして、S先生から作文が返された。

「奈良君、よく書けていたね」

　渡された作文には、赤ペンで「秀」と書かれてあった。

「秀」よりも何よりも、作文が無事に返されてきたことが嬉しかった。

招集された古河大仏

西光寺で遊んでいたら、境内に金物が運ばれてきた。鉄鍋、鉄瓶、洗面器、金盥《かなだらい》、雨樋の壊れたのもある。町内会の役員らしい人が帳面にいちいち記録している。

「おじさん、何してるの？」

と訊くと、

「みんな鉄砲の弾になるんだよ。アメリカやイギリスをやっつけるためだ」

と言う。見ていると、和尚さんが銅の火鉢を運んできた。何度も何度も運んでいる。まだ使える火鉢だ。

「和尚さん、ありがとうございます。こんなに沢山……」

「お国のためですから……」

などと言葉を交わしている。そのうち係の人が長い鉄の棒を持ってきた。そして、銅の火鉢をひっくり返すと鉄の棒で底に穴を開け始めた。次から次へと穴を開けていく。驚いて見ていると、

「こうしておかないと、上の奴らは何するか分からないですからね」

などと話している。聞いていて、また驚いた。

「上の奴らって誰なんだろう。何処にいるんだろう。これじゃ一億一心じゃないじゃないか」

疑問はいつまでも解けなかった。

間もなく、西光寺の古河大仏も姿を消していた。

こんなことで本当に戦争に勝てるんだろうかと疑問に思ったが、日本は神の国、負ける筈がないと、すぐ思い返していた。

分列行進

五年生になってから、朝校門を入る時、軍隊式に歩調を揃えることになった。校門の脇に三角屋根の小さな小屋が建てられた。高等科の生徒が朝早く小屋の前に立つ。「歩哨」と言うのだそうだ。

或る朝、担任のE先生が、やや興奮気味に話し出した。

「お前たち、いいか。毎朝校門に入る時歩調を取って入っているな。あれが評判になって、放送協会が録音を取ることになったんだ。録音するということは、全国に放送されることになるんだ。日本中の小学生に聴かせることになるんだ。こんな名誉なことはないぞ。古河男子国民学校の名が全国に流れるんだぞ。明日からの登校の分列行進、歩調を揃えてしっかりやってもらいたい」

録音の当日が来た。学校に近づくと校門の前は小さい子で一杯になっていた。訊くと、小さい子は歩調がうまく取れないので、五年六年だけで録音するというのだ。

少し経ってから放送局の人が勢いこんで話し出した。

「全国の国民学校のみなさん、わたしは今茨城県猿島《さしま》郡古河町の古河男子国民学校の校門の前から放送しています。この学校では朝登校する時に、兵隊さんがするように、足並みを揃えて入るそうです。今からその登校の様子をお伝えします」

分列行進による登校が始まった。四年生以下の子どもたちは待ちぼうけを食わされ、見守っていた。

「みなさん、どうでしたか。歩調が揃っていて、まるで兵隊さんのようでしたね。きっと立派な兵隊さんになれることでしょう。茨城県猿島郡古河男子国民学校の校門前からの放送を終わります」

わたしは、高学年だけの行進ならうまくいくに決まってるじゃないか、全国の小学生を騙したと同じことだと、行進の一員になったことに後ろめたさを感じないわけにはいかなかった。

後味の悪い一日だった。

配給の不正

戦争が激しくなるにつれ物が足りなくなってきた。マッチも配給ということになった。煙草も配給になって町内会長をしていた父を悩ませた。

「あの人も吸うからなぁ」

などと言いながら煙草を家ごとに分けていた。金鵄《きんし》とか、光《ひかり》とかの煙草の名前を初めて見た。友達のH君がよく煙草の値上げの歌を唄っていた。「金鵄煙草は十五銭、栄《は》えある光二十銭……ああ一億はみな困る」というのはこれかと思った。

衣料品も配給制になった。浄円寺の境内で裸電球を吊って衣料品を分けるのを受け取りに行ったことがある。家族の構成によって点数が決められる。子どもの下着を望めば大人の足袋に回らないといった具合だ。それでも戦地の兵隊さんが寒い思いをしないように銃後の人々は我慢するのだ。それが戦争への協力なのだった。

そんな或る日、さつま芋の配給の知らせが来た。

「達雄、受け取りに行ってくれるかい。北新町の鈴木さんの家だそうだ」

「知ってる。下級生がいるから……」

父が作ったか兄がこしらえたか、下の弟が乗っていた乳母車を改造しリンゴ箱を載せたものを母が引き出してきた。

鈴木さんの店に近付くと、配給を受ける人が大勢並んでいた。みんな「茨城一号」と呼ばれるさつま芋を受け取っていた。茨城一号はアルコールを採るためのものだと聞いたことがある。我が家では、日本軍の占領地の名をもじって「ベララベラ」と呼んでいた。ホクホクしていないのである。

砂糖、マッチ、米、味噌、醤油など、あらゆる生活必需品が切符制度になった。(1940年、大阪・そごう前)

やっと順番が回ってきたので、係の小父さんに配給手帳を見せると、

「あんた奈良さんちのお子さんだね。ちょっとこっちへおいで」

と裏庭の方へ案内された。

「小父さんはあんたのお父さんに大変世話になっているんで、これはお礼だと」

と言って、物置の中の菰《こも》を取った。アッと声を上げそうになった。菰の下に隠されていたのはおいしそうな「太白」だった。「茨一」とは似ても似つかぬ鮮やかな桃色だ。

「これを上げるから持っていきな。お父さんによろしくね」

小父さんは両手に一杯太白を抱えると、牽《ひ》いていった車に積みこんだ。

「待ってよ、小父さん。向こうで茨一だけ分けていて、どうして僕には太白をくれるの」

「だからさ、あんたのお父さんにお世話になったお礼だよ」

「お父さんが小父さんのために何をしたか知らないけど、僕に太白をくれることとは別でしょう」

「変なことを言う子だね。お前にくれるんじゃない。お世話になったお父さんに上げるんだから、黙って持っていきな」

「だって小父さん。このお芋、小父さんの物じゃないでしょ。分けてあげる人と、もらえない人がいるのはおかしいよ。太白が少ししかないなら、一本ずつだってみんなに分けてあげてよ」

精いっぱいの抗議だった。

「生意気な奴だ。さっさと持って帰れ」

そう怒鳴ると、いきなり車の把っ手を摑んで出口の方めがけて突き出した。仕方なく勢いよく走り出した車を追うほかなかった。

涙が出ていた。弱い奴め、正しいことを言っているのに泣いて帰る奴があるか。相手が強そうな小父さんだって、きちんと分からせなくちゃ駄目じゃないか。

自分に腹を立てながら家に着くと、

「ご苦労さんだったね。あら、太白があるじゃない」

母が叫んだ。泣きっ面のわたしを見ると、

「どうしたの、転んだの?」

涙をこらえながらいきさつを話した。父や母に「分かったよ。偉かったね」と言われると思って……。しかし、結果は逆だった。

「お前は何てことを……。そんなことを言ったらお父さんが恥をかくんだぞ。折角の好意を無にして、こんな失礼なことがあるかっ」

父にも母にも分かってもらえない、どうしたらいいんだ。

「だってお父さん……」

と言いかけると、

「もういい。明日お父さんが謝ってくるから……」

何を言うんだ、お父さん、謝ってくるなんて、僕は間違ったことなんか言ってないじゃないか。謝るならえこひいきした小父さんの方だ。——悔しくてたまらなかった。

いつまでも黙っていたら、母が、

「お前にだけまずいおさつまを寄こした訳じゃないんだから、もう機嫌を直しな、ね」

と言った。

そんなことじゃない、そんなことじゃない、何で分かってくれないんだ――庭に飛び出していた。桜の太い幹に顔を埋めてワンワン泣いた。

夜も早めに寝床にもぐってしまった。しばらく眠れないでいたら父と母の話す声がした。父の声で、

「達雄はまるでキョウサントウのようなことを言う」

と聞こえた。キョウサントウ？　キョウサントウって何だろう？　声の調子で何か恐いことを言っているような気がした。

「困りましたね。あれはハタイノチですかねぇ」

と母の声。

ハタイノチって何だろう。母の故郷は旗井と呼ばれていたから、「旗井の地」ではないか。旗井がどうしたというんだろう。分からないまま眠ってしまった。

「ハタイノチ」が「旗井の血」であること、母が何故そう言って憂いたのか、分かるのはずっ

と後のことになる。

展示された凧

正月休みが明けると、高等科の生徒の自作の凧の展示会が開かれる。細い竹で枠を長方形に組み、中に米の字の形に籤《ひご》を入れ、丈夫な和紙を貼る。

放課後、廊下の隅の名ばかりの図書館で本を読んでいると、

「奈良、講堂に凧を飾るから手伝いに来い」

とE先生に言われた。

高等科の生徒の凧は流石に絵も字もうまい。「龍」の一字もあれば、「火の用心」などと書いたものもある。「一億一心」とか「米英撃滅」とか勇ましいものもある。

手伝いといっても、先生が上がる脚立を押さえたり、次の凧を渡したりするくらいだったが、かなり時間がかかった。

終わり近く、展示にあたっていた先生たちが仕事を止めてひそひそと話し合っていた。なごやかな空気ではない。声こそ小さいが、ただならぬ言い合いという感じである。何事かと思って近づくと、E先生が、

「奈良はもう帰ってよし」

と声を荒らげた。「ご苦労さん」もない。傍に寄るなという感じであった。

「先生、さよなら」

言いながらよく見ると、一つ残った凧を持ったままの先生がいる。講堂の壁を見ると、その凧を展示するだけの場所が残っていた。離れるとまた言い合いが始まった。

先生たちは何を言い合っていたのか、帰り道ずっと気になっていた。

翌日、登校すると、まず講堂に飛んでいった。あの空いていた場所に凧が飾ってあるではないか。凧には「撃滅ユダヤ人」と書かれてあった。

なぜこの凧をめぐって先生たちは言い争っていたのか、すぐには呑みこめなかったが、先生たちの間で戦争について意見の違いがあったのではないかと思った。

今思えば、同盟国の指導者の考えだから展示すべきという好戦派と、いくら何でも露骨過ぎる、子どもの考えではないとするリベラル派との対立だったのではないか。

軍国少年の頭がぐるぐるかき回される出来事だった。

3 敗戦間際

兄を送る

そのころ、「体力章検定」というのがあって、多分一定の年齢になると受検が義務付けられていたのだと思う。検定の評価がどう分けられていたが定かではないが、兄は「上級」という四方に光を放つ形のデザインのバッジを持っていた。

陸軍特別幹部候補生、「特幹」になるための試験がどんなものか知る筈もなかったが、兄ならきっと合格するだろうと思っていた。

合格していよいよ訓練所に入る時、兄は出征兵士がするような日の丸の襷を掛けた。兄はわたしを呼んでこう言った。

「達雄、お前はまだ小さいから人が死ぬってどういうことか分からないだろうな。――僕は、弘道（下の弟）を育てることになるだろうと思って、お父さんに頼んで名前を付けさせてもらったんだ。だが、それも出来なくなる。兄さんが家を出たらお前は男の兄弟で一番上になるのだから、しっかりしなくちゃいけないぞ」

今思えばこの時兄は秘かに死を覚悟していたに違いない。しかしそれは、まだ小さいわたしには分からなかった。

弟の名前を兄が付けたとは知らなかった。今は宇都宮市になっているが、当時の雀ノ宮町出身の航空兵に、兄の尊敬する人がいたという話は聞いていたが、その人の名前をもらったのだそうだ。兄は早くから航空兵になろうと思っていたらしい。一家で撮ったその時の記念写真を見ると、幼かった弘道は母の膝の上に抱かれている。兄とは十四歳の歳の差であった。

兄を送り出してから母は陰膳を据えるようになった。兄からは出撃するという知らせはなかったが、母は元朝《がんちょう》参りをするようになった。夜が明けぬうちに出かけるので付き添って行くことにした。鎮守までは母の足で二十分近くかかる。正面から参詣を終えると裏に回って囲いを拳で叩いてまた拝む。帰りは道端の地蔵にも手を合わせ、呑龍聖人《どんりゅうしょうにん》を祀るお堂にもお参りをする。ひたすら兄の無事を祈ったのだろう。

最後の面会

特幹になるために訓練している兄から時々葉書が届いた。その表には「検閲済」「影山」の印が押してあった。当時はその印にまったく気付かなかった。気付いたとしてもその印にどんな意味があるのか分からなかったろう。

「達雄、最近如何だ。お父さんから伺ふと非常によく勉強して居る様だナ。しっかりやれ。然し身體の錬成はそれ以上に大切だ。病気などして心配かけることのない様に。兄さんは今は荒鷲の卵の訓練だ。空はいいぞ。中等学校の試験だけは頑張って呉れ。暑さきびしき折柄、身体をたいせつに。さよなら」

これが、まさか本当の「さよなら」、最後の手紙になろうとは夢にも思わなかった。

ある土曜日のこと、父が出がけに、

「あした下館《しもだて》の訓練所へ美都男に面会に行くから床屋さんに行っておきな」

と言った。四歳下の弟も一緒に連れていくという。

汽車に乗って何処かへ出かけることなど滅多になかったから、汽車の中でも家族旅行のような気分で弟とはしゃいでいた。小山駅で水戸線に乗り換え、下館から常総線に乗り換えて大田郷で降りた。線の名も駅の名も今だから書けるが、その時はただ父の後に従っただけである。

葉書を読みなおすと、宇都宮陸軍飛行学校下館教育隊とある。着いてみると松林の向こうに広い飛行場が見えた。松の木の根元の芝生に腰を下ろして待っていると兄がやって来た。

「元気だったか」

と父が訊いた。

「うん、元気でやっている」

と兄が答えた。そこに兄の同輩が現れて、

「隊長殿から何か注意があるとのことだが、奈良、もう行って来たか」

「まだ行って来ん……」

兄の答えはすっかり「兵隊さん」に変わっていた。しばらく軍隊用語が交わされた後、兄は建物の方へ走っていった。ややあって戻ってきたが、母と姉の心づくしを食べながらも話ははずまなかった。兄さんはもう僕たちと遊んでくれた兄さんじゃない……。野球のことを教えてくれた兄さんじゃない。鳩を可愛がって飼っていた兄さんじゃない――何かしずんだ気持ちで帰ってきた記憶がある。

今思えば、父は秘かにこれが最後の別れになるかも知れないと考えてわたしと弟を連れて行ったのだろう。そんなことも分からず、はしゃいで出かけたり、ふさぎこんで帰ってきたりの子どもだったのである。

敬《ひろし》さんとの別れ

富岡敬さんは隣に住む兄の同級生であった。末っ子だから奈良君はいいな、弟がいて、などと口にしていつも可愛がってくれた。そんな敬さんを困らせたことがある。

何年か前、親戚の伸行君が遊びに来てメンコをやった時、一度も負けず彼のメンコをみんな取ってしまったのだった。伸行君は敬さんのメンコを持ち出していたらしい。子ども仲間が「めったっぱ」と呼んでいた金粉銀粉のまぶしてあるメンコまであった。伸行君には相撲でも駆け足でもかなわなかったが、メンコなら負けなかった。

その日の夕方、敬さんが新品のメンコを沢山持って、

「達っちゃん、これ上げるから伸行の負けた俺のめったっぱ、返してくれないか」

と言ってきた。勝ち過ぎて悪い気がしていたので、勿論承知したことを覚えている。

或る日、家で本を読んでいたら、窓越しに、

「達ちゃん、お兄さんいる?」

と敬さんが声をかけてきた。見ると七つ釦《ぼたん》の予科練の制服に制帽、腰には短剣を提げていた。

「兄さんはいないよ。特幹の訓練を受けているから、一度も家に帰って来ない」

と言ったら、

「そうか。それじゃ今度会った時お兄さんに伝えておくれ。富岡が『今度は靖国飛行隊で会お

う』と言ってたって……」

「うん、分かった」

と答えると、敬さんはパッと不動の姿勢になって、肘をたたんだ海軍式の敬礼をした。慌てて敬礼を返したら、敬さんは黙ったまま駅の方へ向かって去って行った。

「靖国飛行隊なんてあるのかな。海軍と陸軍で一緒に訓練するのかな」

などと考えてから、あっと気が付いた。

「靖国飛行隊って靖国神社のことだ。敬さんは兄に『国のために共に死のぅ』って覚悟を告げに来たんだ」

すぐに呑みこめなかったことに敬さんは気付いたに違いない。頼りないと思ったかも知れない。うん、分かったではなく、何と言ってあげたらよかったのだろう。覚えたての「武運長久を祈ります」と言えばよかったのだろうかと、いつまでも考えていた。

これが敬さんとの永遠の別れだった。二十一歳、今にして思えば、数年前までメンコにこだわっていた歳だったのである。

突然の空襲警報

授業中でも警戒警報のサイレンが鳴ると、町内ごとに校門前に集合し集団下校をすることが多くなった。一年生の中にはサイレンの音に怯えて泣き出す子もいた。

四歳年下の弟を家まで送ると、今度は下の弟を幼稚園に迎えに行かなくてはならない。友達はみんな迎えに来てもらっていて弟は一人きり、それでも泣かずに待っていてくれた。

或る時、先生にお礼を言って弟をおぶったとたん、空襲警報が鳴った。急がなければ――、ふうふう言いながら紺屋町の坂を上っていた時、

「こらっ、今ごろ何してるっ」

警防団の小父さんに怒鳴られた。かまわず曲《かね》の手《て》通りを走ってきたら、

「こらっ、空襲警報が鳴っているのが聞こえんかっ」

おまわりさんが顔色を変えている。そのまま必死で走り抜けた。

家に着くと上の姉が心配そうに待っていて、

「早く防空壕へ」

と言う。転がりこむように飛びこんでハアハアと荒い息を吐いた。

警防団の小父さんとおまわりさんに怒鳴られて恐かったことを姉に話した。

それにしてもひどいと思った。「こらっ、今ごろ何してるっ」はないだろう、幼稚園の鞄を提げた小さい子をおぶって走っているんだ。何してるか見たら分かりそうなもんだ。

「こらっ、空襲警報が鳴っているのが聞こえんかっ」なんて、サイレンが激しく鳴っているのは分かっているんだ。だから急いでいたんじゃないか。

それじゃ警防団の小父さん、おまわりさん、どうすりゃいいんですか。父はふだん「銀行の金庫はお父さんにしか開けられないんだ」と責任の重さを言ってるんです。母は口癖のように「お母さんはいつも二つの命をあずかっている」と言っています。上の姉は家を守る責任者、下の姉は学徒動員で軍需工場でお国のために働いているんです。僕以外に弟を迎えに行ける者はおりません。空襲警報が怖いからって、サイレンが鳴り響いているからといって、弟を一人幼稚園に残しておくなんて、そんなかわいそうなこと僕には出来ません。それでも叱られなくてはならないのでしょうか――そう言ってやりたかった。

悪いのは僕じゃない。叱られるようなことなんか一つもしてないじゃないか。悪いのは遠い日本まで爆撃に来るアメリカだ。

――防空壕の中でぶつくさ不平をもらしていた。

遺骨迎え

このころになると、兵隊送りとは逆に、戦死した兵士の遺骨を迎えることが多くなった。

古河駅から遺族の方の家に向かう道の両端に、国民学校の上級生が並んで出迎えるのである。子どもたちは「遺骨迎え」と呼んでいた。

行列は高等科の生徒によるブラスバンドを先頭に進む。大人になって聞いたことだが、葬送行進曲としてベートーベンの交響曲「英雄」第二楽章が演奏された。荘重なメロディが流れる後を、儀仗兵というのだと後で聞いたが、商業学校の生徒が白いゲートルを着け、銃を肩から逆に吊って進む。その後から白木の箱や遺影を持つ遺族が続く。

小学生は「最敬礼」の号令のもと葬列に向かって深く頭を下げる。

六年生になった途端に、持ち上がりのE先生から、

「奈良、遺骨迎えの最敬礼の号令、今度からお前が掛けろ。大声でやれ」

と言われた。これは大任である。道の向こう側に並んでいる女子校の児童にも聞こえなければならないのだ。

その時は意外に早く訪れた。

唇を舐めて時を見計らった。今だと思って、

「サイケーレー」

と叫んで頭を下げた。葬列が過ぎて行った。ほっとした。

家に帰っておやつのせんべいを買いに行ったら近所の女の子に遇った。

「タッちゃん、大きな声で上手だったね」

と声を掛けられた。

「ありがとう」

少し得意だった。

また少し行った所で、話したこともない女の子に遇った。Tという苗字は知っていたが名前までは知らない。その子がすれ違う時軽くおじぎをした。きりっとした目と目が合った一瞬、どぎまぎしておじぎを返した。

今日の遺骨迎えの号令で男子校六年の級長と知ったからだろうと思った。なぜか頰がほてって仕方がない。こんなに体が熱くなるのは何故だろう。足がふわふわ浮いているような気がしてしっかり歩けない。せんべいを買うのも忘れた。こんなことでどうするんだと、自分を叱りつけながら、何処をどう通って帰ったものか、ただいまも言わず家に入った。初恋だった。

疎開児童

疎開してくる児童が増えて、学級に入ってくる新しい友達で教室は一杯になった。最後に

疎開地での集団食事風景。芋や大根を混ぜた混ぜご飯などが出された。天皇にお礼を言う儀式を済ませるまで食事に手をつけられなかった。

入って来たW君は、廊下の窓ぎわに座ることになり、開け放った窓越しの授業を受けていたことを思い出す。

そんな或る日、E先生から、

「奈良、あした東京から集団疎開の子どもたちが新古河駅に着くというから、激励の挨拶に行ってもらいたい。十一時に間に合うように早帰りして自転車で行ってくれ」

と言われた。

東武線の電車が着くと大勢の小学生が降りてきた。先頭で降りてきた先生に近付いて、

「地元古河男子国民学校六年の奈良達雄です。地元の児童を代表して挨拶するように言いつかってまいりました」

連絡が取れていたようで、

「ご苦労様。よろしく頼みます」

との返事だった。

百数十人と思われる小学生が横四列に並んだ。修学旅行気分ではしゃいでいる子もいれば、親から予想される疎開生活の辛さを聞いてきたのか、めそめそしている子もいた。紹介されて挨拶に立った。マイクが無いので精一杯大きな声を出した。

「みなさん、今日は。古河男子国民学校六年の奈良達雄と言います。地元のお友達を代表してご挨拶します。

みなさん、アメリカは卑怯にも戦場でない東京を爆撃しています。お国はみなさんの命を守るために、B29の飛んで来ない地方に疎開してもらうことを決めました。お父さんお母さんと離れて暮らすのはたいへんでしょうが、米英撃滅の日まで元気に仲良く励まし合って頑張って下さい」

元気の無い拍手だったが、挨拶を無事すますことが出来てほっとした。

今考えると、これで私も戦犯の仲間入りをしたようである。

兄の戦死

一九四五（昭和二十）年の一月、兄の戦死公報が届いた。それには「昭和二十年一月十二日、仏領印度支那サイゴンにて戦死す」とあった。サイゴンは現在のホーチミン市である。

航空兵だった兄の遺骨が還る訳がなかったが、形ばかりの白木の箱を私が首に掛けた。

わたしが遺族の一人になったので、誰が最敬礼の号令を掛けたのだろう。葬送行進曲の悲壮な調べに涙をこらえるのが精一杯だった。

家に着くと、葬儀屋さんの手で祭壇が設けられてあった。骨の無い白木の箱と遺影が供えられた。父も母も交際が広いから、弔問客が列をなすほどだった。父が会葬御礼の挨拶に立った。

「本日はご弔問いただきましてありがとうございます。これでわたしの息子も天皇陛下のお役に立つことが出来ました。親としてこれほど名誉なことはございません。ありがとうございました」

夕方になってひとしきり弔問客が途絶えると、母は兄の遺影ににじり寄って、独り言のように話し始めた。

「美都男、お前は小さいころ、ミツオちゃんは大きくなったら何になるのと訊かれるたびに、ボク、オウチャンになるのと言っていたのに、お父ちゃんにならないうちに死なせてしまって、かわいそうに、かわいそうに……」

あとは号泣だった。

そこへ遅れた弔問客が現れると、母はさっと涙を拭いて、

「本日はご弔問をいただきありがとうございます。これでようやく家の息子も天皇陛下のお役に立つことが出来ました。親として本当に名誉なことと思っています。ありがとうございました」

と繰り返した。わたしはこんなに態度を変える大人が不思議でならなかった。世間の手前「軍国の母」を演じなければならなかった母の心情を深く受け止めることが出来ない子どもだったのである。

父は最も頼りにしていた息子を失ったのだ。悲しくない筈はない。しかし、公報が届いた時も弔問客の応対にも、そして葬儀が無事すんだ後も涙ひとつこぼさなかった。男は人前で泣くものではないと日頃口にしていたが、そんな明治の男の信念を貫いたのだろう。

4 実りのない時代

トランプ事件

母方の伯父・奈良自由造は「奈良式自由粉砕機」を発明、奈良機械製作所の社長をしていた。成人してから人名鑑で名を見かけたこともある。そのころは機械の売りこみや取引の関係で世界各地を飛び回っていたらしい。

或る時我が家にやって来て、舶来のトランプをみやげだと言って置いていった。長姉が資産家の家の友達とトランプで遊んだことがあるとのことで、七並べとかババ抜きとか神経衰弱とか、ごく初歩的な遊びを教えてもらい次姉や弟と楽しんでいた。

ところが或る時、そのトランプが見えなくなった。

「トランプがない。どこにしまったのだろう」

誰に訊いても何処を探しても分からなかった。夢中で探したのも三、四日だけ。いつかトランプのことは忘れていた。

そんな或る日、次姉の女学校の友人が転校し、引越し先から次姉に葉書を寄越した。郵便屋さんから受け取って何気なく裏を見たら、「トランプ事件」の文字が目に入った。

次姉を問い詰めると、

「隠しておいてご免」

とすぐ謝った。

「本当にご免。学校から工場へ働きに行くように言われて、慣れない仕事ばかりさせられたでしょう。何も楽しみがないから、お昼休みにみんなで遊ぼうと思ってトランプを持って行ったのよ。みんなとても喜んでくれたの。ところがそれを監督さんに見付かって叱られたの。『この非常時に敵国の遊びをしているとは何事か、この非国民！』って怒鳴られて、トランプを取り上げられてしまったの。先生に訳を話して謝ってもらったけど、トランプは返してもらうことが出来なかったの。ほんとご免ね」

そう言われてしまえば、それ以上次姉を責めることは出来なかった。トランプ遊びを中止させたというのならともかく、取り上げるとはひどいと思った。敗戦後もトランプは返って来なかった。

聖戦と言えば非条理がまかり通った時代だったのである。

卒業と受験、過酷な通学

一九四五年三月、古河男子国民学校初等科を卒業した。同級生に後年ロッキード事件で小佐野賢治を裁くことになる半谷恭一、やや極左的なところもあったが公害問題に携わった宇井純、ミュージカルアカデミーに所属して歌や舞踊で活躍した志村邦夫、ふるさと線を守る運動や浅草での「雷大行進」の組織で名を馳せ、「下町人間庶民文化賞」を受賞することになる永島盛次らがいた。古河の小学校には、大老・土井利勝の城下町ということから「土井賞」というのがあって、利勝の子孫・土井利与《としとも》子爵から卒業生一名に渡されることになっていた。その土井賞をわたしが受賞することになった。「学術優等・操行善良につき」とあった。「操行善良」は怪しかったが、小学校だけは首席で出たことになる。

進学先は上級生のF先輩への憧れから栃木県立石橋中学校に決めた。敗戦直前の列車の運行は乱れがちで、普段ならたった四十分くらいで石橋駅に着くのに、遅れるといけないから、受験生も引率の教師も前日に旅館に泊まりこみ、それも各自米を持参してのことだった。口頭試問では、

「君は首席になれると思いますか」

と訊かれた。土井賞受賞などを含め、内申書の高い評価が記されていたのであろう。わたしは兄の戦死の衝撃から立ち直れず、気力を失っていたので、

「とてもそんな自信はありません」

と答えた。

校舎を見て驚いた。棟と棟を結ぶ屋根が取り払われていた。後で聞くと、爆撃に遭った時、

類焼を防ぐために取り払ったとのことだった。空襲に遭えば何棟あろうと一遍に飛ばされてしまうのに、また炎上すれば火の粉が飛んでたちまち類焼してしまうのに、そんなことも分からない。大空襲に火叩きやバケツリレーで立ち向かおうという愚かな時代だったのである。

わたしの半生の中で最も不幸な時代、実りのない旧制中学校時代の始まりであった。

旧制中学の教科書は、姉の女学校の同級生の弟で一級先輩のAさんから借りたものだった。教科書はもう作られていない、書店でも売っていない最悪の時代だった。縁故のない生徒はどうしたのだろう。学校が先輩たちの教科書を提出させたのだろうか。

先のことになるが、二年生の教科書は新聞紙のような大判の用紙に印刷されたものだった。挿絵もなければ写真も無い。肥後守で切って頁を合わせ、糸で綴じた記憶がある。

通学の汽車は混雑を極めた。敗戦まで客車に乗って行った記憶がまったくない。たいていは機関車の後ろに繋がっている石炭車に乗った。屋根がないから雨の日は大変だった。機関車の前に付いている連結器の上に乗って行ったこともある。まるで自分が運転しているかのような気分だった。

当時の客車にはデッキと呼ばれる所があって、満員でドアが閉められてもそこに一人だけ乗れた。ドアに背中を付けて鞄を首から提げ、把っ手を必死な思いで握っていく。約四十分、今思えばよく振り落とされなかったものである。

帰りは貨車に乗ったこともしばしば。なかなか来ないダイヤだったから、駅員も見逃してくれた。古河駅に停まるかどうか確かめて、いつでも乗れる無蓋車に乗った。傘を差したまま乗った記憶もある。有蓋車で戸を開けることが出来たのは家畜を運ぶ車両だけ。、獣の臭いには閉口した。

担任のS先生は英語の教師だったが、車中で英語の教科書を読んでいた先輩が乗客から、

「今ごろ英語の本を読んでる非国民！」

と殴られたという話をS先生から聞いたのは戦後のこと、中学生が英語を学ぶことさえままならなかったのである。

一番怖い思い出は、石橋駅で帰りの汽車を待っている時、グラマン戦闘機の機銃掃射に遭ったことである。

空襲警報のサイレンが鳴らないうちに、いきなり爆音が近付いてダダダダッと撃ってきた。駅舎のコンクリートに当たった弾は勢いに任せて撥ね返るのだ。後から後から撥ね返る、予測出来ない方向へビューンという音とともに弾んでいく。ただはらはらとしながら立ちすくんでいた。

グラマンが飛び去った時、よくぞ命拾いをしたというのが実感であった。

民主文学会の講座「文学は戦争をどう描いたか」で、上野壮夫《たけお》の小説「跳弾」を扱った時、

その怖さを思い出したことである。

勤労動員と教練

入学して間もなく待っていたのは、勤労動員だった。二年生、三年生は軍需工場に、われわれ新入生は出征兵士の留守家族などへの農作業の手伝いに行くのである。授業料を払っているのに、勤労動員にかなりの時間が取られた。午前に農作業が割り当てられると、教室に戻る時刻がまちまちになる。そんな時、弁当を誰かに食われてしまうことがあった。作業で腹をすかした食い盛りの年ごろだったのである。その代わり、仕事が昼時にかかって、白米のおにぎりなどが出されたこともある。われわれの弁当はさつま芋やかぼちゃなどを混ぜたものだったから、白米のおにぎりはとても嬉しかったことを覚えている。

学校には配属将校が派遣されていた。K少尉は陸軍士官学校の出らしく、教練の時間にも物静かで教養を感じたが、Nという軍曹は言葉遣いも粗野で、やたら暴力をふるった。われわれはダルマというあだ名で呼んだ。怒ると顔が真っ赤になるからであった。生徒たちに手荒く当たるのは、出世が遅れた腹いせではないかと生徒たちは噂し合っていた。

校庭に藁人形が幾つも立てられて、それを木銃で突く訓練を繰り返しやらされた。

飛行場の建設に動員された人海戦術の学徒設営部隊。
（1944 年　北海道札幌市）

「やぁーっ」

と鬨の声を上げて藁人形めがけて突っこんで行く。突いたらすぐ抜くことが大切だと教えられた。すぐ抜かないと、筋肉の収縮で銃剣が抜けなくなるという。

「本土決戦になったら、片っぱしからヤンキーをやっつけなけりゃならん」

こうして毎日毎日、人殺しの訓練をやらされたのだった。

孝謙《こうけん》天皇の墓

そのころは遠足と言わないで行軍と言った。おやつなどは勿論なし、持ち物は水筒だけ、きちんとゲートルを巻いて歩いて行ったものである。

途中、孝謙天皇の墓なるものを見かけた。わたしは天皇の墓というのは、都のあった関西地方にだけあると思っていたので、不思議に思いながら通り過ぎた。

目的地である鬼怒川の辺りに着いて自由な休憩時間になった。或る先輩に何故孝謙天皇の墓があんな所にあるのか訊いてみた。先輩は少し離れた所へわたしを引っ張っていって、

「俺に聞いたと言うなよ。おめぇも弓削《ゆげ》の道鏡《どうきょう》の巨根伝説くれぇ知ってるべぇ。道鏡は孝謙をたらしこんだのよ。孝謙だって女だよ。好きな男を追っかけて下野《しもつけ》くんだりまで来たって訳よ」

と言ってから、また、

「俺に聞いたと言うなよ」

と念を押した。

わたしが六年生の国史で習ったのは、道鏡が称徳《しょうとく》天皇に重んじられて法王にまで上り詰め、天皇の位まで狙ったが、和気清麻呂《わけのきよまろ》に阻まれ下野に追われたというところまでだった。

「だから忠臣和気清麻呂は立派な銅像になっている」

E先生が一段と声を強めたのを覚えている。

先輩の不忠な物言いに、わたしは気が動転して胸の動悸がしばらく収まらなかった。

先輩が繰り返し念を押した訳が分かった。

皇国史観の虜になっていた少年が、最初に受けた衝撃だった。

「御真影」の壕

校庭で遊んでいたらいきなり空襲警報のサイレンが鳴った。「防空壕に退避せよ」という声を聞いて、夢中で近くの壕に飛びこんだ。敗戦間際には警戒警報抜きでいきなり空襲警報が発令されることが多くなっていった。

学校は防空壕を自慢していた。校庭は盆栽などに使う、いわゆる鹿沼土だったので掘り易かったのだろう。

逃げこんで緊張しながら後ろを見ると、誰もいない。見回すと立派な壕だ。奥深くまで通路の両側は厚い板で仕切られていた。どんづまりは扉のように閉められている。こんないい壕を独り占めなんて、と思いながら解除を待った。

解除のサイレンを聞いてほっとして出て行った。無事を喜び合っていると、

「奈良、貴様は何処の壕に退避したっ」

とダルマ軍曹に怒鳴られた。

「あの壕です」

「馬鹿っ、あの壕は、畏《かしこ》くも、気ヲツケェ、畏くも天皇陛下の御真影を安置し奉る壕だぞ。貴様如きが入る所ではないぞっ」

言ったかと思うと、いきなり半長靴で脛を蹴った。弁慶の泣き所である。もんどり打って倒れると、むちゃくちゃに蹴ってきた。

「一枚の写真と生徒の命とどちらが大事か」という論理は、その時のわたしにはまったくなかった。

「誰も教えてくれなかった。誰からも、あの壕について教えてもらっていない。それなのに、ひど過ぎる」

という思いだけだった。

たったひとつの救いは、学友たちのうち一人も笑った者がいなかったことである。

教師になってから学んだことだが、教育勅語を奉安殿からお盆に載せて運んで行く途中、風に飛ばされたという理由で、また「教育ノ淵源」を「ふちげん」と読んでしまったというだけで、教頭や校長が免職になった例もあるということだから、脛を蹴られたぐらいですんだというべきなのかも知れない。

機銃掃射の下で

農家への手伝いの他に芝切りと松の根掘りをやらされた。飛行場に植える芝は、一尺くらいの正方形に切れ目を付け、鍬で薄く剝ぎ取るのである。農業に携わったことがないので、難しく辛い仕事だった。

時間が来て仕事を終えた後、監督していた「憲兵」の腕章を着けた兵隊が訓示を述べた。

「お前たちは無駄口が多い。今日予定していた量に遥かに及ばない。お国のために尽くすという自覚が足りないからだ。もっとしっかりやってもらいたい。お礼に代えて苦言を呈す」

何を言うかと思った。

「俺たちは中学生だ。こんな仕事は本職じゃない。授業料払って勉強に来ているんだ。文句を言われる筋合いはない」

と言ってやりたい気持ちだった。こんなことを言われたのでは、愛国心も薄れてしまう。

松の根掘りは、唐鍬《とうぐわ》を使ったり鋸を使ったりでもっと大変だった。飛行機を飛ばすガソリンが足りない。これは軍の機密でも何でもなくなっていた。

「本当に松根油《しょうこんゆ》で飛行機が飛ぶのかねえ」

疑問を投げかける者もいた。

時々グラマンに襲われた。警報も鳴らないうちに現れるのだ。慌てて松林の中に逃げこんで身を伏せる。

不気味なエンジンの音をさせて低空飛行に移ると、ダダダダダッと機銃掃射が来る。体の数メートル脇に土煙が疾《はし》る。生きた心地がしない。首を上げると米兵の顔がはっきり見えるほどの低さまで急降下してくる。

ようやくグラマンが去って、みんな起き出してくる。撃たれた者は誰もいない。無事を確認し合って胸をなで下ろす。そんなことが何度かあった。

迎え撃ってわれわれを守ってくれる日本軍の飛行機が飛んできた試しはない。もう飛べる飛行機はなかったのだろう。それなのに飛行場を造る芝切りや、松根油を採る松の根掘りをさせられていたのであった。

今考えると、見通しも目的もなく、戦意を持続させるためだったとしか考えられない。

敗戦の日

富岡伍長は敬さんの兄である。軍人に似合わぬ気さくな人で、何でも話してくれた。防諜週間の時、

「小父さんは、軍の機密などをぺらぺらしゃべる奴を捕まえる役なんだよ」

と言った。

「えっ、小父さん、そんなこと、僕に言っていいの？」

「ああ、達雄君を信頼してるからね」

父にそのことを話したら、

「お前、滅多なことを言うもんじゃないよ」

と言われた。

中学一年の夏休み、富岡伍長がふらっと家に来て、父と世間話をしていた。聞くともなく茶の間に座っていたら、彼はさりげなく、

「ああ、もうすぐ十一時か」

と独り言を言ってから、

「もう話してもいいでしょう」

と言って、両手を高く上げた。父はそれを見て、

「やっぱり……。そうですか」

と応じた。

ラジオのスイッチを入れると、

終戦を告げる「玉音放送」を聞いて泣き崩れる国民学校の児童たち。

「今日の正午に重大放送があります」を繰り返すだけで、ニュースも音楽も何の放送もない。わが一家はひと足早く降伏を知らされ、軍需工場に動員されている姉を除いて一家揃っていわゆる「玉音放送」を聴いたのであった。

耳慣れない調子の「お言葉」であった。だが、その時は、この不思議な調子こそ神の言葉なのだと思っていた。

「日本が負けて天皇陛下に申し訳ない」

不動の姿勢で聴いている足元に涙が絶え間なく落ちた。放送が終わった時、母が、

「これからはお前たちにしっかりしてもらわないと……」

と声を詰まらせた。

今思えば母は、何のために息子は死んだのかと問い続けていたのではないだろうか。

天皇への幻滅

一九四六（昭和二十一）年三月ごろだったと思う。

「天皇陛下が石橋町に御巡幸になられる」ということで、中学生も近くの小学校に集められた。敗戦を告げる神の「お言葉」は伺ったが、「お姿」に接するのは勿論初めてである。白馬に跨った天皇の姿はニュース映画で何度も見たが、最敬礼で見送る人ばかり。直接目を上げると目がつぶれるという話も聞いた。緊張して並んでいると、

「ア、ソウ」

という甲高い声が聞こえた。見ると猫背の男が足を痛めたのかバネ仕掛けの人形のように歩いて来る。出迎える小学生に声をかけては、「ア、ソウ」を繰り返している。頭のてっぺんから出るような声だ。

カンカン帽を不自然に振りながら近づいて来る。ちょび髭の男の顔をまじまじと見つめると、「御真影」にそっくりではないか。

「えーっ、これが天皇陛下……」

どこが現人神《あらひとがみ》だ――いっぺんに力が抜けた。天皇陛下の御真影を安置し奉る壕だぞ、貴様

如きが入る所ではないぞっと、ダルマの奴に脛を蹴られたが、それほど大切にされなければならない程の人だろうかこの人が……。

母は兄が戦死したというのに、

「天皇陛下のお役に立ててこんな名誉なことはありません」

と言ったけれど、大切な命を投げ出しても惜しくない程値打ちのある人とは到底思えなかった。軍歌にも「……笑って死んだ戦友が『天皇陛下万歳』と残した声が忘られりょか」というのがあったが、この人は死んでいった沢山の兵士をどう思っているのだろう。息子を失った親たちのことをどう思っているのだろう……。

「ア、ソウ」

彼は何度か頓狂な声を上げながら通り過ぎていった。

私は秘かな思いを抱いていた。

II章

教師への道

――戦後の混乱を越えて

1 教師への道

「父帰る」に感動

どういう伝《つて》か知らないが或る日、石橋高校に明治大学の演劇部劇団「ホープ」がやって来た。生徒全員講堂に集められ公演を観賞することになった。

演目は菊池寛の「父帰る」だった。行方不明になって久しい父・宗太郎が前触れもなく帰って来る。喜ぶ母おたか、家族を見捨てた父を詰《なじ》る長男賢一郎と、弁解する宗太郎、年老いた父を許そうとする次男新二郎。幼い時に父に捨てられた苦労を語る賢一郎との烈しい口論。息詰まるやりとりにすっかり引きこまれていった。

後悔とも愚痴ともつかぬ言葉を残して立ち去る宗太郎、賢一郎に取り縋《すが》るおたか、「兄さん」と言って泣き崩れる妹おたね。

一転意を翻した賢一郎が、

「新、行ってお父様を呼び返して来い」

駆け出して行った新二郎が、息急き切って戻って来て、

「南の道を捜したが見えん。北の方を捜すから兄さんも来て下さい」

「何見えん！　見えんことがあるものか」

飛び出して行く賢一郎――。

万雷の拍手だった。

わたしはすっかり演劇の魅力の虜になっていた。戦中戦後、優れた文化に触れる機会がまったくと言っていい程なかったのだ。

「演劇部を作ろう」

わたしは決心していた。

これが、兄の戦死と敗戦に気力を失っていた自分に踏ん切りを付けさせるきっかけとなった。

党との出会い

一九四七（昭和二十二）年七月、街は夏祭りでごった返していた。ぶらり出て来たわたし

の耳に、

「アカハタ如何ですか。キョウサントウの新聞アカハタです」

という声が聞こえた。見ると若い人が片手に高く新聞を掲げている。

さつま芋の配給の不正に抗議した時、父に「達雄はキョウサントウのようなことを言う」と言われたことがあったが、キョウサントウとはそも何者なのか知りたくてその新聞を買った。

紙面を見ると猫背の天皇がお辞儀をしている漫画が描かれてあった。石橋の小学校で見た天皇の姿そのままであった。大きな活字で「天皇制打倒」とあった。

「こいつは凄いや。キョウサントウって、そんなことを主張してるのか」

しばらく紙面に釘付けになった。

後で分かったことだが、アカハタを売っていた人は高津勉さん。後に『青が島の教育』という著書で離島教育の優れた実践を世に問うた人で、法政大学の学生時代のころだったと思う。

それからアカハタを続けて読みたくなったが、何処で売っているのか分からない。あの時売っていた人に訊いておけばよかったと思ったが後の祭りだった。

日曜日、古河じゅう歩いてでもアカハタを売っている所を探そうと考えた。足を棒にしてようやくアカハタの看板を見付けた。幼稚園がつまらなくて逃げ出し、よく先生に捕まった苦い思い出の所、紺屋町の坂を上った所にあった。店番をしていたのは、きれいな女の人だった。

この方は古河小町と謳われ、「赤い帝大生との恋」と騒がれたという岡村恭子さん。推理小説作家小林久三氏の姉で、新日本歌人協会の会員。渡辺順三を呼んで古河で歌会を開催したという。後に教育課程改悪反対闘争で大変なお世話になることになる。夫君の実氏は郷土史家でいろいろ教えていただいた。アカハタがまだ三日に一度の発行のころだった。

講堂からあふれた観客

劇団ホープに刺激を受けて、早速演劇部結成を呼びかけた。同じ古河から通っていたN君、S君、一級後輩のK君が加わってくれた。都会育ちのN君は、部員の訛りを直してくれた。S君は大工の棟梁の弟だったので素敵な舞台装置を造ってくれた。K君とは栗林克人君で、成人してからテレビでしばしば「演出・栗林克人」の文字を見た。同姓同名の別人かも知れないが、本職の演出家になっていたら嬉しいかぎりである。

壬生《みぶ》のS君、小山《おやま》のN君らそれぞれ味のある演技を見せてくれた思い出がある。もう一人の下級生U君は控えめだが、よく政治的な発言をしていた。男女共学になったばかりで、Y

さん、Sさんらが加わって賑やかになった。

旗揚げの演目、脚本を探すことになった時、U君が俺に任せて下さいと言って探してきたのが「けやきの誓い」という作品だった。これ以上悪い紙はないだろうと思われる紙に印刷されていた脚本だったが、タカクラテルという作者名のカタカナ書きに新鮮さを覚えた。

「奈良さん、この脚本での上演、生活指導のO先生の許可をもらってきて下さい」

U君に促されて職員室に行った。O先生は「タカクラテルはお前、共産党だぞ」といきなり声を上げた。

えっ、そうか。それなら信用出来る。内心そう思った。共産党の何処が悪いと言い返してやろうと思ったが、ごたごたするのは得策ではないと思い返し、

「後輩が折角見付けてきてくれた作品ですので、これでやらせていただきたいと思います。お読みになって下さい」

と置いて引き揚げた。数日して本が部室に返っていた。

「けやきの誓い」の題だけは覚えているが、七十年も前のこと、思い出すのは演出を兼ねて端役の大工役をやったことくらいで、梗概などまったく思い出せない。近代文学館まで出かけてテルの作品を当たったが、保存されていなかった。今考えれば、彼が長野での農業の経験なども背景に、新しい農村青年の生き方を示したものだったと思う。戦後いち早く民主的

な文化運動の発展をめざして筆を執ったものだろう。

さて、共産党の作者だと詰られたからには、何としても公演を大成功させて、目にもの見せてやらねばならない。

町じゅうに手描きのポスターを貼り、学友たちにも家族の観劇を呼びかけてもらった。

当日になった。はたして何人くらい観に来てくれるだろう。演技の出来栄えよりも、そちらの方が心配だった。開演直前、袖幕の陰から講堂の中を覗いたら、父母や町民で超満員ではないか。わたしは大きな感動に包まれていた。

翫右衛門《かんえもん》の訴え

演劇部有志で前進座公演を観に行った。確か新橋演舞場だったと思う。

演目は歌舞伎の「勧進帳」。長十郎の弁慶、翫右衛門の富樫、先代國太郎の義経という豪華な配役だった。これはわたしの貴重な財産のひとつ、後のち恒例の年金者組合の前進座観劇の際自慢したことがある。この舞台を観た人は、もうほとんどいないだろう。勧進帳の真偽を確かめたい富樫と、隠し続ける弁慶とのやりとり、歌舞伎の醍醐味を堪能した思いがした。

驚いたのはカーテンコールで翫右衛門が、富樫の衣装のまま講和問題を訴えたことである。

「勧進帳」で富樫を演じる中村翫右衛門

場違いと見る向きもあったかも知れない。

しかし、わたしは流石だと思った。

「一日も早くも早く全面講和を……」

という訴えに大きな拍手が湧いた。

「成駒屋」

の掛け声も飛んだ。

これがきっかけとなって、『世界』の講和問題の特集号を買い、安倍能成、南原繁といった人たちの難しい論文を夢中で読んだ。

児童文化会との出合い

或る日の夕方、親戚の家への使いの帰り西光寺の境内を通ると、皓々《こうこう》とした灯りが見えた。見ると沢山の子どもたちが集まっていた。

「それじゃあこれから『鬼叩き』というゲー

ムをします。みんなの中から十人くらい前へ出て下さい。横に一列に並んでもらいます。鬼を当てる人、あ、君になってもらいます。これから鬼を決めますから前を向いてて。はい、この人が鬼ですよ」

リーダーは一人の男の子の頭を撫でた。

「さあ、これから鬼を当てる人に、並んでいる人の前をゆっくり歩いてもらいます。見ているみんなは、手を叩きます。鬼が近くに来たらだんだん強く叩きます。鬼のそばから離れたらだんだん弱くします。はい、こちらからゆっくり歩いて下さい」

子どもたちの拍手の強弱で鬼を当てる。当たるとみんなが拍手する。当てる人を替え、鬼を替えてゲームは続く。

「さあ、今度はダブルプレー。鬼を二人決めますよ」

椅子取りゲームのように仲間外れを嗤《わら》うのではなく、みんなで楽しみながら連帯感を高めていく。見事なリードにわたしは惹き付けられていた。

後に詩人、歌人として名を成し、古河市の文化活動に大きな貢献をする立石和正氏の学生時代の姿だった。

ゲームの後は幻灯（スライドという言葉は聞いたことがなかった）だった。『象トンキーの死』、今は『かわいそうな象』という紙芝居になっている話。空襲が烈しくなって、動物園か

古河児童文化会の仲間たち

ら猛獣が逃げ出すと危険だからとライオンや虎が毒殺される。象はおとなしいから殺さないでと頼む飼育長。利口な象は毒の入った餌は食べない。やせ細った象は、芸をすれば餌がもらえるだろうと、弱った体で一生懸命芸を見せる。哀れに思った飼育員がこっそり餌をやろうとして憲兵に殴られる。遂に象は倒れる。——絵一枚一枚に感情がこもった説明が続く。子どもたちは涙を拭いながら聴き入っていた。後でナレーターは、古河一小の村西振作教諭だったことを知った。

最後は人形劇。これも後でギニョール（人形によって演じるフランスの人形劇）による『和尚さんと小坊主』という演目だと知らされた。珍念という小坊主が狸と踊りたい和尚に仲間外れにされる。一計を案じ、名前を「ポンポコポン」と変えてもらう。和尚さんと狸たちが「おいらも浮かれてポンポコポンのポン」と唄うと、「ハーイ」と返事して仲間に入ってしまうという物語。小坊主の人形の操作の見事さに感心していたら、後でテアトロ・プッペという人形劇団の団員、茂呂清一さんだということが分かった。

わたしはこの公演にすっかり魅了され、子どもたちの生き生きとした反応に驚いていた。教師の命令、大人の言いつけ通りに従わなければならなかった時代、人間らしさを奪われていた自分と比べて、何と大きな違いだろうと思った。こんな感動を子どもたちと共にしながら、戦争によって奪われた青春前期を取り戻せたらと思った。

「高校生でも児童文化会に入れてもらえるでしょうか」

と村西さんに訊いた。大歓迎とのことだった。そうして後に教壇に立ってからも役立つゲーム、紙芝居、口演童話、人形劇などを学ぶことになる。

試験官に励まされて

学校に代用教員の募集が来た。戦争で教壇から戦争にかり出され、還らなかった人たちが大勢いたせいだろう。

わたしは教師になりたい一心で試験を受けに行った。宇都宮の八幡山公園の裏に大きなテ

ントが張られてあった。順番が来て履歴書を出すと、

「君は何故教師になりたいのですか」

いきなり試験官に訊かれた。

「古河児童文化会という、小学校の先生が何人も入っている団体の公演を観た時、ゲームや幻灯や人形劇を楽しむ子どもたちの生き生きした反応に感動したのです。僕たちは空襲で勉強途中でも、下級生を連れて逃げ帰る日が続きました。中学に入ってからも教練で藁人形を突き刺したり、勤労動員で飛行場を造る芝切りをしたり、松の根を掘ったりで、ろくに勉強が出来ませんでした。下級生たちを僕たちのような不幸な目に遭わせたくないと思います。児童文化会の先生たちのように子どもたちと感動を共にしながら、失われた青春を取り戻したい、もう一度しっかり後輩たちと一緒に勉強し直したい、そう思ってこの試験を受けに来ました」

わたしはありのままに思っていたことを話した。試験官は、

「あなたの話に感動しました。あなたのような方こそ教師になって欲しい。それも代用教員ではなく、正規の資格を取って立派な教師になって欲しいと思います。宇大（宇都宮大学）に行きなさい」

と言った。

「でも、兄が戦死して父も大変ですし、それに進学適性検査も受けていませんので……」

「兄さんが戦死されたのはお気の毒ですが、そんな方には一般の方よりも高い奨学金が出ます。あなたが卒業後真面目に教師の仕事をなされば返さなくても結構です。ぜひお父さんにお願いしてみて下さい。進適の方は第二次がお茶の水女子大学で行われますから、わたしが手続きを取ってあげましょう」

至れり尽くせりのありがたい応対に、従うよりないと思った。

それから数日後、父の許可を得てお茶の水女子大学に行った。

もし代用教員として就職していたら、教育研究サークル活動や組合運動が自由にやれただろうか。県の財政難を口実に首を切られることはなかったろうか。

そう思うと、先の見えなかったわたしを励まし、進学を勧めてくれたあの時の試験官に心からお礼を言いたい気持ちになる。

カチカチ山と改造兵舎

一九五一（昭和二十六）年四月、宇都宮大学学芸学部に入学、教師になるための勉学に励むことになった。

通学の汽車は戦中のような混雑ではなかったが、よく遅れた。それは我慢の範囲内だったが、国鉄宇都宮駅から大学のある宝木までのバスはひどかった。伝馬町の坂を上れないのである。ガソリンは戦時中から引き続き不足がちだったのだろう。バスは木炭を燃やして走るのである。丸い枝を竹輪状に切ったもの、それを後ろの缶《かま》に投げ入れていた。

わたしたちはそれを背中に火をつけられた狸になぞらえて「カチカチ山」と呼んだ。超満員の通勤者や学生、高校生を乗せて重くなったバスは、坂の手前で立ち往生。すると車掌さんが言った。

「恐れ入りますが、乗客の皆様、一度下車なさっていただいて押していただけませんでしょうか」

若い女性の車掌さんに言われれば、しぶしぶでも降りざるを得ない。乗車賃を払った客がみんなでバスを押し上げる。そんなことが何度もあった。

校舎・教室は軍都宇都宮のこと、空襲で焼けなかった兵舎を改造したものだった。温暖化などと言われる遥か以前のこと、宇都宮の冬は厳しい寒さだった。ストーブのない教室もあった。オーバーを着たまま授業を受けたこともあった。

思えば同じ年ごろだった兄たちは、寄るたびにひそひそと徴兵検査の話をしていたものだった。それに比べて、どんなに劣悪な学習環境といえど、徴兵のない日本で学べる幸せを思った。しかも、いわば兄の戦死と引き換えに奨学金を受けて来たのだ。そして必修と義務付けられた「憲法」を学んだのである。

生意気なことを書いた「教生ノート」

学芸学部の学生が小中学校で授業を見たり、実際に教壇に立って授業したりする学習を教生と言った。わたしたちは付属の小中学校ではなく、宇都宮市立の普通の学校での教生を望んだ。エリート校では現場に行った時、勝手が違う場合があるだろうと思ったからである。要望は一部受け入れられて中学は付属中、小学校は市立簗瀬《やなせ》小学校で受けることになった。

教生で学んだことをノートにまとめるように言われた。わたしは、先輩や高校から代用教員になった同級生の勤務する小学校に行って授業を参観させてもらったことも併せて記すことにした。

親友のK君の案内で小山市のS先輩の勤務校にお邪魔したことがある。校長さんは大歓迎で、校内放送で、

「宇大の学生さんがいらっしゃって、授業を見せて欲しいとのこと。先生方よろしくお願いします」

と言ってくれたが、ずうずうしく他の教室に入る訳にはいかない。名授業を見せてやる、

と言ってくれたS先輩の教室で地理と算数の授業を見せてもらった。今では考えられないが、その日宿直だったS先輩に宿直室に泊めてもらい、同和教育の難しさを語り合った。高校の同級生S君の学校にも行った。敗戦直後の自由な雰囲気があったのだろう。ここでも快く受け入れてもらった。教生ノートに書いたことで覚えているのは、「良い発問とは」というテーマで、子どもたちが一つの答えしか出せない発問、逆に自由に考えさせたり、活発な討議を引き出す発問など、具体的な例を引いて素人なりに評価を加えた。

宇都宮大学学生のころ（後列右端が筆者）

もうひとつ「教師の権威とは」というテーマで小文を書いたこと。権威は上から押し付けるものではなく、言動の内容で児童の納得や感動が得られるものでなくてはならない、などと書いた。簗瀬小のE校長が教生の修了式で取り上げてくれたので記憶がある。このノートは宇大の池田志恵教授から「後輩たちに見せたいのでいただけないか」と言われ、生意気なことばかり書いて恥ずかしかったが、寄贈することにした。

2 新米教師奮戦記

二つの結末

教壇に立つ直前に衝撃を受けた二つのことについて書いておきたい。

一つは、吉田茂内閣が強行した破壊活動防止法のことである。一九五二(昭和二十七)年四月、この法案が国会に提出された。大学でも反対のための全学集会が開かれた。わたしは初めての政治的な集会に興奮していた。来賓や法学部の教授、学生代表が次々に立って破防法反対を訴えた。破防法が民主的な政党や労組、民主団体の正当な活動を暴力的な破壊活動などという名目で弾圧してくる、或いはその口実とするために日常的にスパイ行為や干渉を行ってくる危険性を知らされた。教員組合や教育研究組織も例外ではないだろう。「治安維持法の再来」という言葉もあった。わたしは強い危機感を覚えていた。

もう一つは、たまたま購入した矢川徳光氏の著書『日本教育の危機』を読んで、第二次米国教育使節団の報告書の危険な内容を知らされたことである。報告書には次のような一文があるという。「極東において共産主義に対抗する最大の武器の一つは日本の啓発された選挙民である」――アメリカの支配層は、青少年時代からの教育を通じての「啓発」を狙ったのである。わたしは容易ならざる時期に教壇に立つことになったのである。

それから六十数年の月日が過ぎた。破防法の適用がされたのはオウム真理教による「地下鉄サリン事件」だけ。スパイ行為などは別として、民主的政党や労組、民主団体の活動に適用されたことはまったくない。たたかいによって悪法を無力化させたと言えよう。

また、アメリカの教育使節団の報告の期待とは違って「日本の啓発された選挙民」は、「市民と野党の共闘」という方針のもとに、不公正な選挙制度下にあっても着実に成果を挙げつつある。歴史の歩みに深い感慨を覚えざるを得ない。

答えは一つじゃない

一九五三年四月、地元の古河市立古河第三小学校への赴任が決まった。採用に当たって教育委員会に憲法と教育基本法を厳守する旨の誓約書の提出を求められた。この時、五十六年後に教育基本法が改悪され、今憲法までが危機に瀕するようになるとは想像もしなかったが、喜んでサインした。

始業式の日、他の学校から転任してきた教師に続いて、新任教師として児童に紹介された。

「今度みんなと一緒に勉強することになった奈良達雄です。お尻にタマゴの殻が付いているヒヨコの先生です。仲良くして下さい」

と挨拶すると、子どもたちはワアーッと笑った。

四年生の担任と決まった。翌日登校する子どもたちを自転車で追い抜きながら、

「お早う、お早う」

「お早うございまーす。車に気を付けて」

と声をかけながら出勤した。

少し経って、わたしに対する母親たちの噂を耳にした。

「卵の殻がくっ付いているなんて言ったそうよ。子どもに馬鹿にされなきゃいいけど……」

「子どもたちに先に挨拶するなんて、先生の権威がなくなるんじゃないかしら」

などなど。やかましいものだと思った。言わせておけ、とも思った。

最初の試練は図工の時間、駅の写生に連れ出した時に直面した。駅舎を描く子、貨車の連

結作業や近くの踏切と決めた子など様々だった。わたしはばらばらに散った子どもたちの間を回りながら、アドバイスをしていた。

ホームに汽車が入って来た。大きな荷物を背負った、いわゆる「カツギ屋」と言われる人たちが乗りこんだその時、

「一斉だぞうっ」

という叫び。見ると、汽車の窓から大きな包みが投げ出されている。飛び降りて必死に逃げ出す者もいる。大混乱になった。その時、

「あっ、I君のお母さんだ。先生、I君のお母さんがお巡りさんに捕まっちゃったよ」

見ると、モンペを履いた女の人が警官に腕を摑まれて降ろされていく。続いて、抵抗したのか二人の警官に引きずられていく男が見えた。線路に飛び下りて逃げた男も捕まっていた。

「先生、どうしてI君のお母さんは捕まったんですか」

「決まってるよ。ヤミ米運んだからですよね」

「ボク、お母さんに聞いたけど、東京の人は配給のお米だけでは足りないのでヤミのお米を買うんだって……」

「だったら東京の人たちを助けてやってるんでしょ。捕まえるなんておかしいよ」

子どもたちはてんでに言い合いを始めた。

「I君のお母さん、とっても優しいいい人だよ。ボクは遊びに行くからよく知ってるんだ。I君は今日病気で休んでいるけど、お母さんが捕まったことを知ったら悲しむだろうな」

「どんなにいい人でも悪いことしちゃだめなんじゃないか」

「でも、東京の人たちは助かっているんだろ、捕まえる方がおかしいよ」

「I君はお父さんがいないから、お母さんも大変なんじゃないか。俺は仕方ないと思う」

「先生はどう思いますか」

「うーん、みんなの答えはどれも間違っていない。ヤミ米の問題をみんなに分かるように話すのは今は難しい。分かるようになるまで、今日のことを忘れないでね。それからI君と仲良くしてやってね」

「はーい」

そこは単純だった。

「さあ、図画を仕上げてしまおう」

とその場をつくろった。

答えは一つじゃない。討論させてよかった。それぞれが少しではあっても考えを広げたに違いない。無理な結論を押し付けてはならないと思った。

「小ねずみのチエ」をめぐって

答えは一つじゃない、だが子どもに一つの答えを言うように導く教材が少なくない。わたしは学校で使っている国語の教科書、全学年分の内容を調べてその問題点を明らかにした。たまたま日教組の第五次全国教育研究集会に向けてレポートの募集があったので応募したところ、二年目の新米教師ながら茨城県教組から送られる十三人の代表の一人に選ばれることになった。

残念ながらこのレポートは保存されていない。しかし日教組編『日本の教育』にその一部が載っているので引用してみる。

「文学教育の系統的な実践は、まず教科書によらなくてはならない。ところが、教科書の文学教材がよくないことが、多く報告されている。茨城の代表は文学教材の持つ精神について、『(1)『機能社会科とか相互依存社会科とかいわれているものの精神で書かれたもの。(2)修身的(封建的)な教訓を含むもの。(3)あきらめの精神を説いたもの（なるようにしかならないと教えるもの）。(4)社会的な問題を個人の努力の強調にすりかえるもの』に分けて、ある社の教科書のよくない部分を系統的に分析している。その一部をつぎに引用する。

二年の『ねことねずみ』。小ねずみがねこにつかまえられる。ねずみは『いいねこは、ものをたべるまえにかおをあらうそうですね』という。ねこがかおをあらおうとして手をはなしたすきに、小ねずみはにげる。――『はるおさん』はこれの感想文を次のように書いている。――このねこはぼんやりしていると思います。小ねずみはずいぶんちえがあります。でもずるいところがあるからきらいです。

傍点の部分は、もう殺されるというぎりぎりの立場においこまれた小ねずみが、なんとかして助かろうと、ちえをしぼった結果である。それをずるいといっていいだろうか。（下略）

これは(2)の修身的な教訓を含むものの例であるが、この小ねずみの立場は今日の日本のおかれている立場に似ている。暴力によって　約束させられたことは、生きるためにそれを改めていかなくてはならない」（以下略）

数年後、二年生の担任になってこの教科書を使うことになった。その時の記録は『子どもの認識を高める論理』（川合章編　国土社）にあるので引用する。

T社の国語の本、二年生に、「ねずみとねこ」というのがある。

小ねずみがねこにつかまった。なんとかしないとたべられてしまう。小ねずみは、「ねこさん、いいねこはものをたべるまえにかおをあらうそうですが、あなたもそうしますか」

といった。ねこは、「ああ、あらうとも」といって、手をはなす。そのすきに、小ねずみは逃げてしまう……と、まあこんなおはなしである。ここまではいいが、そのあとに、「はるおさん」の感想がのっている。

「このねこは、ばかだとおもいます。にげられてから、おこっても、しかたがないとおもいます。小ねずみは、なかなかちえがあります。でも、ずるいところがあるからきらいです」

なるほど、これは個人の感想だから、押し付けではないかもしれない。しかし、教科書にのせるには、あまりにもヒドイしろものだ。生命の危険という、どたんばまで追いこまれた弱いねずみの、ギリギリの手段、それがズルイというのなら「だまってくわれてしまえ」ということではないだろうか。なにか象徴的なものさえ感じないわけにはいかない。

「ウソをつかないようにしましょう」という徳目主義修身教育の見事な典型である。わたしは、ひどく心配になった。バラバラに感想をいわせたら、期待はつぎつぎに裏切られていった。清は、

「ねずみは、お供えを引いたりするから、悪いやつです」

と言った。予想どおり現実のねずみのいたずらを、混同して考えていた。

「ほんとうのねずみのことでなく、この本のおはなしをよんで考えたことをいってね」

と、あせって苦しい説明をする。実が立って、

「ねこはバカです。ねずみはりこうです」

「それで野沢君は、どう思う？」

「ねこはだまされたからバカだとおもう。そんで、ねずみはねこをだましたから、わるい」

こんどは、進。

「ねずみは逃げてから、からかったりするからキライ」

これはやはり「はるおさん」の感想からくる偏見だ。弓子は、

「ふたりは、同じです。ねこはバカだし、ねずみはずるい」

と答えた。「チエがあるから好きです」と言えない何かがある。

「ハイ。みんなの言うことは、だいたいわかりました。ねこはバカ、ねずみはチエがあるが、ズルイというわけだね」

わたしは黒板に、ねこはバカ、ねずみはズルイ、と書いた。

「さて、それじゃ、これから劇をやろうかナ。先生がねずみになるから、だれかねこになって下さい」

たくさんの手が上がったが、そのなかから穂積を指名して打ち合わせた。

「じゃ始めるよ。本のお話と、少しちがうかもしれないよ」

こういって一度廊下に出た。わたしは手を縮めてチョロチョロと教室に入った。子どもたちは、さかんに手をたたいた。立ちあがっている子どももいる。わたしは、何かをかじったり引いたりすると、またややこしくなるから、ただチョロチョロしていた。穂積のねこが入ってきた。

「コラー」

「ワァ、ねこだぁ」

「さあ、つかまえたぞ」

穂積はバンドのところをつかんだ。わたしは、かがんで小さくなった。

「アーア、つかまっちゃった。困ったなぁ、食べられちゃうぞ。……ウン、そうだ。いいねこさんは、物を食べる前に顔を洗うそうですね。あなたもわたしを食べる前に、顔を洗うでしょうね、といえば手を放すにちがいない。——ウーン、だが待てよ、だますのは、いけないことだ。そんなズルイことをしてはいけない。やっぱり食べられよう」

わたしはいっそう小さくなった。穂積のねこは両手をかわるがわる出して、つまみ食いのように食べるまねを続けた。

「ハイ、これでおしまい。この劇は、本のお話とどこが違う?」

「先生のねずみはバカだなぁ」

「パアであきれたよ」

「逃げちゃえばいいのに」

「せっかくいい方法を考えたのにねぇ」

「じゃあ、みんながねずみだったとしたら、どうする。先生がやったように、食べられちゃう人？」

誰も手を上げない。

「へー、それじゃ本のねずみのように逃げちゃう人？」

「ハーイ」

と、みんなが手を上げた。

「当たり前だべな」

と、得意そうだ。わたしは黒板を見ながら、大げさに驚いて見せた。

「あれ、みんなズルイズルイって言ってたんじゃないの？　みんな、ズルイことするのかい？」

子どもたちは、ちょっとだまったが、すぐ言い返してきた。

「だって、しょうがないよ」

「食べられちゃうのは、ヤダよ」

一人ひとりの判断を

問題は教科書だけに止《とど》まらない。ＮＨＫの学校放送にもあった。低学年向けに放送された「子ねこミー」を聴いたことがある。子ねこのミーは、いじわるのサルにブランコをひとりじめにされ、乗ることが出来ない。ほかの動物たちもサルを責めるが代わってくれない。授業中もミーはブランコのことで頭が一杯。本を読み間違い、みんなに笑われる。動物学校の先生に注意されて、初めてブランコのことを忘れてじょうずに本を読み、次の休み時間にようやくブランコに乗れた、という話。こんな辻褄の合わぬ話はない。うまく朗読出来たらサルがゆずるというのか。朗読とブランコに因果関係なんかない。

聴き終わってから、子どもたちに訊いた。

「どうしてミーちゃんはブランコに乗れなかったのでしょう」

「代わりばんこに乗ればいいのに、サルばっかり乗っていたからです」

「あのう、十ずつかんじょうして代わればいい」

わたしはうなずいて、

「そう、みんなで代わりばんこに乗ればいいね」

と言った。作者はそれを教えたかったのだろう。だが、ここで止めるべきでないと思った。

「どうしてブランコの取りっこしたり、喧嘩になったりするんだろう」

わたしは突っこんでみた。しばらくして智恵子が自信なさそうに手を上げた。

「あのう、ブランコが一つしかないからです」

「なに、もう一度言ってごらん」

わたしは大げさに驚いてみせた。

「ブランコが一つしかないから、ケンカになる」

子どもたちは、

「そうだよ、いっぱいあればすぐ代われる」

「先生、いっぱいあれば、ケンカにならないよ」

口々に答えた。

子どもたちは作者の意図をのりこえて、もう一つの答えを見つけ出したのである。さらに言えば、弱い動物たちが力を合わせてサルのわがままを許さないことなども考えられよう。いずれにしても、もっともらしい徳目の強制だけですませてはならないと思った。

最近読んだ『前衛』九月号特集「検定『道徳』教科書を読む」の中に次のような一文があった。

入学式の日の１年生と筆者

「そもそも現実の子どもたちの世界のなかで、子どもたちが直面する道徳的な判断は、一義的な『こうだ』と決めることが難しいものである場合が普通です。いろいろな生き方が交錯する場面で、さまざまな判断がありうるのです」

「それぞれにとっての『いい答え』が、相反するという葛藤状況にその場の参加者がどう対処すべきかということは、現実の子どもたちの生活の場面ではたくさんある状況だと思います」

「徳目主義は、受容されるべき価値や判断が固定化されていて、それを教えなければいけないことになっている。そのため、いま言った葛藤を孕むリアルな状況が見事にスルーされてしまうことになる。結局、子どもたち一人ひとりの判断を必要としなくなってしまう」

（中西新太郎・横浜市立大学名誉教授）

駅近辺の写生の授業でも、「子ねこのミー」を使った授業の中でも、「一義的な『こうだ』と決めることが難しいものである」「様々な判断がありうる」ことが実証されている。中西名誉教授の主張を裏付けた形である。

思わぬ意気投合

学生時代から関心を持っていた生活綴り方教育を本格的に学ぼうと、お茶の水女子大学で開かれた日本作文の会主催の第二回全国作文教育研究大会に参加した。

昼休みに全国の学級文集展を見ていたら、「奈良さん」と声をかけられた。振り向くと上司の大島いつさんがいた。とっさに、校長に頼まれて「奈良が参加しているかどうか見てくるように」と言われたのだと思った。民間教育団体の研究会に参加するのは勇気がいる雰囲気であったし、三小にそんな立派な先輩がいるとは思ってもみないことだった。

「ああ、大島先生、先生もいらっしゃったんですか」

と、あたりさわりのない返事をしたら、

「凄えな、どの文集も……。実力のある先生ばかりだな」

と男のような口振りだった。

「俺は奈良さんも来てんじゃねえかと思ったよ」

優れた先輩教師との思わぬ意気投合だった。

「俺は戸井さんにも生活綴り方やれって勧めてんだ。けど、たみちゃんは生活版画の方が熱心で……」

戸井さんが生活版画教育に熱心なことはすぐ分かった。読売新聞が始めた子どもの版画コンクールに、戸井学級の子どもとわたしの学級の子どもの作品が同時に上位入選を果たしたからである。

大島、戸井両教師とわたしの三人はいつしか熱心にストーブを囲んで、夕方遅くまで教育談義をするようになった。わたしは雑誌『母と子』の読者を中心に、「お母さんの会」と呼ばれた読者会を主宰していたが、戸井さんは話し合いにも参加して援助してくれた。

或る日突然、日本教育版画協会常任理事の太田耕士さんが学校を訪ねて来て、戸井さんとわたしに会いたい、出来たら版画の授業をやってもらえないかと言う。版画教育の第一人者に直接指導を受ける光栄に浴したのである。雑誌『はんが』に二人の写真が載った。

或る日、ストーブを囲んでの談義の中で、大島さんが、

「おっかあたちが、戸井さんと奈良さんを一緒にしてやれって、煩くってしょうがねぇ。俺は『馬鹿べえ言ってんじゃねぇ。たみちゃんの方が年上なんだぞ』と言ってやったら、『年は関係ない』ってこきやがる」

と言って大笑いになった。

こうして三人を中心に、市内外の教師に呼びかけて教育研究活動、教員組合活動の中心となる「古河教師の会」が生まれたのだった。

後に大島さんは「民間指導主事」のニックネームにふさわしく活躍した。こんな役職は実際にはないが、官側の指導主事よりも優れた指導性を発揮したのでそう渾名されたのだった。戸井さん、後の設楽たみ子さんは、日本共産党古河市議、共産党員女性市議として日本初の市議会議長を務めた。

トイレ騒動記

小学校の同級生で児童文化会にも加わっていた岩松正英君は、埼玉大学を出て埼玉県栗橋町の小学校に勤務していた。

栗橋町から利根川の堤防を伝って岩松学級の子どもたちが、古河市からわたしの学級の子どもたちが歩いて行って、落ち合った所で交流する、そんなことを試みたこともあった。今なら教育委員会が許さないだろう。

或る時、岩松君が「いもづる」という作文教育の実践記録集をくれた。埼玉県内の教師たちが各自謄写版刷りの実践記録を事務局に送り、事務局が綴じ合わせて各自に送り返すというやり方で作られたのだという。さつま芋の産地らしい、しかも蔓を伸ばして仲間を増やしていこうという意図が見えるネーミングだ。早速入会させてもらった。

浦和や大宮などで研究会が持たれた。まだ開放的な雰囲気があった時代で、校長や指導主事、教育研究所の所長、大学教授らも参加していた。目立った発言をすると、名刺を持って挨拶に来る。新米教師は名刺を持ち合わせないのでただ恐縮するだけだ。こうして多くの知り合いが出来た。

四年生の修学旅行はバスで上野動物園に行くことになっていた。はしゃいでいる子どもたちに、バスに乗りこむ前、

「途中は長いから、必ずトイレに行っておくように」

と厳しく言った。それでもトイレが近い子もいる。大宮まで行かないうちに、

「先生、オシッコがしたくなっちゃった」

という子が出て来た。前を押さえている子もいる。道の駅などという便利な施設などない

時代である。と、バスが信号が止められた時、左手に小学校が見えた。

「ここで借りよう」

と、同乗していたU教頭が言った。運転手に頼んで歩道に半分乗り上げ停めてもらい、後のバスも同じように続いた。教頭が小学校の玄関に入って、ごめん下さいと声をかけた。返事をして出て来たのは、何と「いもづる」の会で二度会ったことのあるO校長。

「あ、奈良先生――今日は何の御用ですか」

「バスで修学旅行の途中なんですが、トイレに行きたいと言う子どもがいるものですから、お借り出来ないかと思いまして……」

「ああ、お安い御用です。この突き当たりです。どうぞお使い下さい。土足のままでも入れますよ。――わたしの学校だとご存知だったのですか」

「いいえ、偶然信号で止められたら校門が見えたものですから」

話しているうちに教頭の姿がない。子どもたちを連れて来るつもりで戻ったのだろう。

O校長は、

「この間の先生の発言には教えられました」

と言った。

「いもづる」の研究会の席でわたしは、子どもの作文への後書きは子どものためと同時に親の立場に配慮して書かねばならないと、実例を挙げて発言したことを思い出していた。文集の後書きなしに載せると親に気まずい思いをさせる場合もあるのだ。

思わぬ教育談義をしているうちに、教頭が他の学級の子どもも含め十人近くをぞろぞろと連れて来て、お借りしますと言ってトイレに引率して行った。本来なら新米教師のすべきことだが、成り行きでこうなってしまったのだった。

バスが走り出しても教頭は不機嫌な顔で、わたしが何故O校長と知り合いなのか問わずじまいだった。

速記の誤り

或る日の放課後、給仕さんが教室に来て、

「校長先生がお呼びです」

とのこと。何事ならんと校長室に行くと、

「『カリキュラム』編集部から出張要請が来ています。この日都合がつきますか」

と言われた。わたしは思い当たることがあった。埼玉大学の海老原治善助手に『カリキュラム』の座談会出席を頼まれていたのである。

「日曜日ですね。それなら出られます」

と言うと、

「先生は『カリキュラム』を読んでいるんですか」

と言う。購読していないと言うと、校長は怪訝な顔をした。こんな新米にどんな発言が出来るのか、と言いたげな様子だった。

座談会には海後勝雄、桑原作次、川合章といった埼玉大学教育学部の錚々たるメンバーが出席した。わたしの他にもう一人二人、現場教師がいたと思う。この座談会でどんなことが話し合われたか、ほとんど覚えていない。ただ文部省の学習指導要領・コースオブスタディの拘束を撥ね退けて自主編成に挑まねばならないという発言が続いたことは覚えている。

後日、出席者の反省会が持たれた。テープレコーダーのない時代である。その席で速記を起こした印刷物が配られた。それには何とコースオブスタディならぬ「拘束スタディ」の文字が並んでいて、反省会は何度も爆笑に包まれた。

自己流の歴史教育

カリキュラムと言えば、当時はコアカリキュラム全盛時代で、わたしは未熟なりにその経験主義的な理論に強い不満を持っていた。

六年生にも四年生にも社会科は古河市や茨城県の地理的な要素にも触れながら、日本の歴史を系統的に教えることにした。歴史年表は市販のものでなく、自己流に作成し、「石器を使っていたころ」「貴族の世の中」「武士の世の中」「平和と民主主義を求めた時代」の四つに分けて重要な項目を選び、習字の上手な児童に筆書きしてもらった。この年表を教室の後ろの壁に貼っておいて授業にも使っていたのは勿論である。

或る時、授業を見に来た指導主事が、わたしの授業を見ないで年表ばかり変な顔をして読んでいたことがある。そのころのわたしの教室の事務机の脇の壁には、「教育は不当な圧力に屈してはならない」とする、改悪前の教育基本法の条文を貼っておいたものである。

市内の貝塚を調べに行ったり、隣の間々田町（現・小山市）の千駄塚古墳を見学に行って山のような古墳に上らせ、その大きさを実感させたりした。鉱毒事件の現場に行って田中正造の苦労に思いを馳せたりもした。そんな中での思い出として残っていることを二つ書いておくことにする。

わたしは、教材として使うために石碑を調べて歩いた。

三猿の付いた庚申塔は、徳川幕府の宗教的情報支配を教えるのに使った。庚申の日の夜、三尸《さんし》という虫が腹の中から天に昇り、幕府の悪口を言った者を天の神様に告げ口すると伝えられてきた時代である。告げ口を恐れ三尸が天に昇るのを防ぐために、庚申の夜は一晩中寝ないで起きていなければならないと言われた。庚申講を強制された女衆はいつしかそれを逆手に取って、この夜を舅・姑・夫に気兼ねなく楽しむ場にしてしまった。つまり、この夜は夫にも舅姑にも咎められることなく、公然とご馳走を食べて語り合う夜に変えてしまったと教えた。この強《したた》かさには特に女子児童から拍手が起こった。

馬頭観音は馬の保護神として信仰されたが、交通手段の乏しい時代の理解に役立てた。二十三夜供養塔は果無《はかな》い願いを月に祈るしかなかった庶民の貧しさを伝えるものとして教えた。

石碑を調べている時、熊野神社の境内で疱瘡《ほうそう》神の石碑を見付けた。胸をときめかせながら建てられた年を調べたら、寛政十年とあった。早速家に帰って西暦と比較してみた。ジェンナーの牛痘《ぎゅうとう》接種、種痘の成功とどちらが早いかがわたしの関心事であった。

ジェンナーのそれは百科事典によれば一七九六年、寛政十年は一七九八年に当たる。この地方の人々が疱瘡神の石碑を建てて、ひたすら天然痘の流行の収まるのを願っていたころ、世界は科学的な対策を生み出していたのである。

この地方に限らず夥《おびただ》しい死者を出した「はやりやまい」の悲劇、その対策の日本への普及を阻んだ鎖国政策こそ、文明の進化を遅らせた最大の要因であった。この疱瘡神を通して鎖国制度の愚かさを子どもたちと感銘深く、身近に学ぶことが出来たのであった。

最近、熊野神社を訪れたら疱瘡神は影も形もなくなっていた。貴重な小さい歴史の証人は、それと知らぬ何者かによって片付けられてしまっていた。

朝鮮民族学級のこと

二つ目の思い出を語る前に、朝鮮民族学級のことについて触れておきたい。

古河三小には朝鮮民族学校があった。在日朝鮮人総連合の人たちが、長い間古河市や教育委員会に働きかけて認めさせたのだと聞いた。民族学級の初代の教師・呉然大さんが校内放送を通じて子どもたちに呼びかけた時の感動的な話を大島さんから聞いたことがある。当時日本の教育界には、カリキュラムだガイダンスだとカタカナ語があふれ、心ある人たちから「国籍不明の教育」と言われていた時代である。わたしは先に触れた矢川徳光氏の『日本教育の危機』で、「民族教育の方向判定」を繰り返し読んでいたころである。

「みなさん、わたしは朝鮮民族学級の先生、呉然大です。これから名前を呼ぶ人は朝鮮人です。朝鮮の子どもです」

教室がざわつき、机に顔を伏せて泣き出す子もいたと大島さんは言った。大要次のような内容だったという。

「名前を呼ばれた人は朝鮮の子どもです。朝鮮人と呼ばれて恥ずかしがる必要はありません。朝鮮は美しい国です。朝鮮は世界に誇れるみなさんの祖国です。朝鮮の子どもは朝鮮の言葉を覚えなければなりません。自分の国の言葉を失った民族は滅びます。みなさん、民族学級で朝鮮の言葉を学びましょう。美しい祖国の言葉で話し、読み書きが出来るようにしましょう。朝鮮は歴史の古い国です。祖国が幾たびか困難におちいった時、多くの愛国者が祖国のために闘い、祖国のために命を捧げました。朝鮮の子どもは祖国の歴史を知らなければなりません。民族学級で祖国の歴史を学びましょう。

先生も一生懸命教えます。わたしは朝鮮民族学級の先生、呉然大です。日本のお友達との勉強がすんだら朝鮮民族学級に来て下さい。

○年○組日本名○○○○さん、朝鮮名○○○○さん……」

呉然大先生の愛国の熱意が子どもたちの心をとらえるのに時間はかからなかった。

民族学級は校舎の端にあった小さな部屋が充てられていた。日本の子どもと一緒に普通の授業を終えると、民族学級で朝鮮語と朝鮮の歴史を学ぶ。「チュチェ思想」などが唱えられる遥か以前のこと、わたしは三代にわたる民族学級の教師と親しく交流し、民族教育や朝鮮の自主的平和的統一の問題などについて話し合ってきた。

さて、思い出というのは、四年生の歴史の授業で元寇《げんこう》を扱った時のことである。

子どもたちの中には親たちの影響もあって、在日朝鮮人の友達を「朝鮮、朝鮮」と軽蔑するように言うこともあった。日本名・安東貞子という子が親たちが日本に来る時の様子を聞いて書いた作文を読んで聞かせて、在日の人々の苦労を偲んだこともあった。

歴史の授業で、文永《ぶんえい》・弘安《こうあん》の役《えき》の説明をしたら、

「先生、蒙古の船は遠く海を渡って来るんでしょ。だったら台風に遭っても大丈夫な船でなきゃ……」

「そうだよ、簡単に沈んじゃう船じゃやね」

「でも、昔はそんな丈夫な船は造れなかったんじゃないの」

子どもたちはてんでに言い合いを始めた。

「歴史の本には、そのころの高麗《こうらい》の人たちは、蒙古に苦しめられて、船を造るのもいやいやながらだったと書いてある。朝鮮半島の人たちも、手を抜いていたんじゃないかな」

と話した時である。いつも威張っているSが席を離れたと思ったら、民族学級の子どもに向かって土下座の姿勢で、

「いつもいつも『チョウセン、チョウセン』とバカにしてご免なさい。先祖の人を助けてくれたのに……。バカにして本当にご免なさい」

と頭を下げたのだった。あっけに取られていると、

「S君、もういいよ、分かったよ」

という声が上がり拍手が湧いた。歴史の授業が日朝の子どもたちとの友好関係を強めたかたちになった。

この子たちを送り出して十数年経ったころ、日本名・昌本成玉が北朝鮮に帰ったと聞いた。或る日、日本に残った母親に道で遇ったので成玉君のその後を訊くと、

「ええ、この間も朝鮮語では読めないので、日本語版の『資本論』を送って欲しいと言ってきたので早速送ってやりました」

と嬉しそうに話してくれた。異国語の中で育った者の複雑な困難を思ったことである。

今、連日のように北朝鮮の食糧不足や独裁的な政治の様子が伝えられると、呉先生や、元気なら六十代になっている教え子たちは今どうしているだろうと思うことしきりである。

3　恋愛も結婚もひと騒動

秩父集会での出会い

一九五六年、教師生活四年目の夏休みに「いもづるの会」初めての合宿研究会が秩父の影森中学校で開かれた。同校の斎藤広一教頭が「平地の皆さん、秩父へいらっしゃい」と呼びかけたものである。斎藤さんは相撲部の顧問で、後の関脇・若秩父を育てた人。アララギ派の歌人だということを後で知った。

わたしは大島いつさん、戸井たみ子さん、古河中学校の三浦園子さん、古河一小の鈴木和子さんを誘って参加した。ここで少し先輩の兄貴分といった感じで丁寧に助言してくれた正木欣七さん、後に埼玉は勿論全国の教育運動の指導者になる大畑圭司さん、斎藤晴雄さん、文学同盟時代の会員には懐かしい名前だろう長橋正さんら秩父の面々と会うことになる。もっとも長橋さんが小説を書いていたと知ったのは、奥さんの久枝さんがまとめた『長橋正作品集』をいただいてからで、この時はハーモニカの名手としての印象だった。

わたしにとってはもう一人大事な人、後にわたしの妻になる、というよりわたしを夫に選んでくれることになる竹井三千子と初めて会ったのである。彼女は、「奈良さんって、『いもづる』の実践記録を読んで四十歳くらいの人だと思っていたら、わたしと二つしか違わないと知って驚いちゃった」

と言っていた。その夜の宿舎になった秩父セメントの寮では、古河から参加した女性軍にわたしのことをいろいろ尋ねたらしい。

ルーズリーフの手紙

ほどなくして竹井三千子から便箋十二枚の長い手紙が届いた。家父長制の強い家庭環境や、教師としての悩みなどが綿々と綴られていた。わたしは同じ悩みを抱える者として、自らの実践などを書いて返事とした。その後毎日のように来る手紙に毎日のように手紙を出した。何かに役立つこともあるかと、ルーズリーフで交換し合い保存することにした。一日二通出したり、切手を貼るのを忘れて出してしまったりしたこともあった。彼女は祖母に、奈良さんは切手も買えないほど貧乏なのかいと言われたという。かくして「リンゴ箱一杯の愛の交歓」という伝説が生まれた。

この手紙は、当時埼玉県教組の書記をしていたKさんという方から、「埼玉県の民間教育運動史を纏めたいので、資料として貸してもらえまいか」という依頼があり、「恥ずかしいものですが、教職に就いたばかりの方に少しでもお役に立つなら」と提供した。埼玉県民間教育研究サークル連絡協議会の結成の経験を茨城で活かしたいと考えていたわたしにとっては、成果が待ち遠しいことだった。しかし、何があったか聞こえてきたのはKさんの自死のニュース。活かされるどころか、手紙そのものも行方不明となり戻ってこなかった。

お寺でのプロポーズ

一九五八年五月五日、わたしはマルクスの誕生日に日本共産党への入党申込書を提出した。推薦人に勤務校のPTA副会長をしていた篠原三郎さんと、文化運動の先輩で映画愛好会で活動していた羽田野忠雄さんになってもらい承認されるのを待っていた。

そんな折、いもづる会の会合の帰りに立ち寄った書店で、竹井三千子が日本共産党の理論政治誌『前衛』の第七回党大会特集号を購入した。党はまだ五〇年問題の混乱の中、わたしも夢中で読んでいた時だったので、秘かな信頼感を覚えた。

或る日、彼女から電話があって、「明日古河に行きたい。大事な話をしたいので、時間を取って欲しい」とのことだった。

翌日彼女は打ち合わせた時間にやって来た。当時は駅の近くに気の利いた喫茶店はなかった。静かに話し合える所と言えばお寺の境内かと考えて、町内の宝輪寺の門をくぐった。田中正造が本堂で演説会を開いたという寺であった。彼女はどんどん墓地の中へ入って行く。

話というのは、予想どおりプロポーズであった。

彼女には交際を望まれたり、愛を告白されたりした人が何人もあったことは知っていた。にもかかわらず、良い教師になるためにはあなたしかいないとしてわたしを選んだという。ありがたいことだった。そんな期待に応えることが出来ず、苦労ばかりかけることになるのだが……。

彼女は泣いて翻意を促した人に「愛しているのなら、わたしの幸せな結婚を祝福して……」と言ったというから凄いものだ。「結婚は恋愛の墓場」という言葉があるそうだが、「恋愛の結果も墓場」であった。

二人の結婚を知った正木さんから、

「竹井さんとこのまま黙って結婚したら、血の雨が降るようなことになりかねない。きちんとみんなに公表しておいた方がいい。それがエチケットだ」

と忠告された。それで、「祝福の強制ではありません。事実を事実としてお知らせするものです」などと書いた「結婚宣言」を実践記録集「いもづる」に折りこんだものである。

古いしきたりとの間で

結婚が決まってからも彼女の苦労は大変だったようである。竹井家は辺りに知られた旧家だったが、インテリでヒューマニストの本家の長男が、罪のない他国の人を撃つことは出来ないと徴兵を拒否。自ら命を絶って以来、「非国民」を出したということで権威は分家竹井家・新宅さんに移ったらしい。彼女のことは「新宅さんのお嬢さん」と言えば近隣で知らない人はなかったようである。家から浦和駅まで他人の土地を踏まないで行けたという大地主。戦時中に高射砲陣地と軍需工場に接収された。

そんな或る日、「達雄の家ではいつ結納金を持って来るんだ」と父親が彼女に訊いた。すかさず彼女は、「人身御供ではありませんから、結納金は断りました」と答えたという。父親は従兄弟の衆議院議員を呼び捨てにし、後に弟の結婚の媒酌人を埼玉県知事に依頼した人。その父親に「人身御供ではありませんから、結納金は断りました」と言うのはよほど勇気が要ったことだろう。以下、「結婚記念の栞」に書いた彼女の一文から引用する。

「私たちは仲間のみんなに祝福してもらいたいの。だから会費制でやるわ」と宣言すると「今まで家にはそんなこと言う娘はいなかった」と嘆いた祖母。「角隠しなんて言葉からしておかしいね。二重性をはっきり示している見たい。わたしはスーツでしようかな」と言うと、「この年になって、　この家の娘がザンバラ髪で嫁入りするなんて！」泣きそうな顔をした。しかし農村の古い家の中で嫁という辛い立場を意識的に堪えて来た母は、わたしの提案には快く賛成してくれた。(中略)それでいて暦を見て三月二十九日が仏滅で八方悪しという日だったと知った母は、「何もそんな日にしなくても、延ばしたらどうだい」と強く反対した。でも転勤の都合もあるし、式に参加してくださる方の都合もあるからと強引に通すと、「知らないでいたことにしようね」と母は折れてしまった」

この日は教員にとって春休みの貴重な一日だったのだ。

それでも彼女の祖母は共働きでは忙しいだろうからと、雑巾をたくさん縫ってくれた。帝国ホテルで挙式したかった義父も、後で述べる式場で我慢してくれた。わがままな二人だったが、許してくれた竹井家の家族には感謝のほかない。

結婚式場をめぐって

結婚式は当時の活動家の間で使われた言葉、「人前結婚」を望んだ。奈良達雄・竹井三千子結婚式実行委員会は、岩松正英君や正木欣七さん、大畑圭司さん、戸井たみ子さんらが中心になって組織された。委員長には三千子の恩師であり、当日「民主教育を守るために」の演題で講演して下さる埼玉大学教育学部長の桑原作次教授に引き受けていただいた。古河市教育委員会委員長船江豊三郎氏、古河市文化協会理事長で書家の立石光次氏も実行委員になることを快諾してくださった。

難題は式場のことだった。市には公会堂がなく、公民館が改装中とのこと。実行委員会はわたしの勤務校・第三小学校の講堂を借用することにした。

ところが、市のN教育長は、「市条例によって私的な集会には貸せない」と回答してきた。実行委員会は直ちに反論した。「奈良・竹井両君結婚式場として古河第三小講堂借用要求運動の経過報告」なるものによれば、次のように書かれてある。

一、私的な集会には貸せないというが、今までにそういう例がなかったか。結婚式という形こそなかったが、個人の演説会や特定の会社に利益を与える「のど自慢大会」などに貸している。それらが公的だという解釈ならば、二百人も集まる結婚式が全く私的だとはいえない。

二、公民館にも同様な規則があるが、結婚式場として使用されている。むしろ公民館は積極的に新生活運動の一つとして会場を提供している。

三、もともと公会堂がないための問題でもあるし、遠からず建設されようとしている現実の中で、がむしゃらに市条例をたてにとって拒否するのは納得がいかない。
四、特に奈良君の場合、当学校の職員でもあり、職場である学校の講堂を式場にすることは、これ以上ふさわしい所はないはずだ。

こうした道理ある主張も教育長は拒み続けた。実行委員会の方々は要求の実現をめざし様々な努力を続けてくれた。その努力には今も感謝の念を抱き続けている。その後複雑な経過をたどるが、実行委員会にとっても、わたしにとっても不本意ながら、立石氏のお骨折りで飯島製糸工場の講堂を借りることは出来た。

余談だが、飯島製糸は元古河市長の経営していた企業で、結婚式の数年前、全蚕糸労組結成以来の大闘争のあったところだった。この闘いについては、古河市在住の民主文学会員の飯村徳子さんが「ひまわり」という作品にしている。

前記「経過報告」には次のような文章が記されている。

さらに、奈良君が、今まで組合の仕事をしてきて、勤評問題で教育長を追及してきたことなども考え合わせると、奈良君だから貸さなかったという結論に到達せざるを得ない。

団体名で借りることは前から在ったたし、わたしたちは、教育長がそれを拒否できないことも良く知っていた。しかし、わたしたちはあくまでも結婚式場として許可を申請していたのだし、一生に一度の結婚式をもぐりの会場でやることはできない。

結婚式の当日は、準備不足の中にありながら、二百人近い人たちが集まり、盛大に二人の結婚を祝福する式を挙げることができました。わたしたちは、この署名運動の中で、思いもかけない、たくさんの方々の協力と援助に感謝しました。そして教育委員の任命制という悪例に今さらのような憤りを感じました。二人のギセイにおいて、公会堂建設が一歩前進したなどということは、考えたくもありません。ほんとうにみじかい時間の中でしたがこの署名運動に協力していただいたみなさんに、運動の経過を報告してお礼にかえたいと思います。

署名は開始三日間で五百を超え、式前日には最終八百を超えた。この経験は後の教育課程改悪反対闘争に活きることになる。

生活綴り方の先輩たちの励まし

わたしたちの結婚はたくさんの人の祝福を受けた。ありがたいことであった。日本作文の会の今井誉次郎会長が祝辞を述べて下さった。「メッセージ・遠征の成果」から引用する。

婚約をした奈良君と三千子さんが、感性的にも理性的にも仲良くしているようすを美しく眺めさせてもらったのは、昨年八月、埼玉の「いもづる会」が、三峰山上のお社で開かれた時のことだった。

夕方になって、宿舎の裏手の杉木立で、駒鳥がロビンロビンと高い声でないていたこと、二人が仲良く語り合っていたことだけは、いつまでも忘れられない。

奈良君の根拠地は茨城県の古河であるが、そのむかしの古河公方の故事もあるのか、平将門にならったのか、関東平野のあちこちへ遠征をこころみるらしい。いつか、栃木県の大田原あたりで会ったこともあるし、埼玉や東京ではもちろん何度も会っている。三千子さんを得たのもこの遠征のたまものらしい。(中略)麦の穂よりせいの高いもののない平地では奈良君のようなせいのすらりとした人物は、とかく目立ちやすく、三千子さんの目にも止まったのであろう。

三千子さんは、埼大の桑原さんの教え子だというから、それだけで、もうすっかり信用できるし、たしかこの春、飯能の教研で桑原さんにお目にかかった時も、あの何とかいう蒸気の少ないムシブロの中で三千子さんのことを心配しておられたようだ。もちろん二人のことは二人にまかせておけばよい、ということであったようだった。

奈良君は、日本作文の会でもたいへんいい仕事をしてくれていて、全国の仲間からも、大いに期待されている。奈良君が三千子さんと結婚するにあたって「この日を二人だけのものでなく、教育を守る集会にしたい」ということであるが、わたしは、この日は「二人だけの日」だと思う。「二人だけの日」にするためにみんなが努力すればいいと思う。二人とも安心してポーッとしていればいいと思う。「嬉しい時に嬉しい」と十分にいうことが、生活綴方的で、気兼ねをすることは、その反対である。（後略）

今井さんらしいユーモアにあふれたものだった。「二人だけの日」にという言葉があるのは、結婚式の案内に、桑原さんの講演のことに触れ、民主教育を守ることをみんなで考える機会にしたいと書いたことを諌めたものである。

国分一太郎氏は一九六一年七月、針生一郎氏や安部公房氏らとともに反党声明を出して日本共産党を除名されるが、当時は生活綴り方教師たちの尊敬を集めていた人。わたしは自宅に招かれて指導を受けていたほどだったから、メッセージは嬉しかった。「祝いのざれごと」と題する一文の一部を引用する。

ぼくは奈良達雄君のことはすこし知っている。なかなかよく勉強するカンのいい先生だと思っている。竹井三千子さんのことは知らない。あるいは顔は知っているのかも知れないが話し合ったおぼえはないような気がする。そちこちによい若い男女の先生があまりたくさんいるのでおぼえきれないのだ。(中略)奈良君たちもあるいはそのような一組みであるのかも知れない。そしてあの奈良君がえらび、また、奈良君をよしとした一組みなら、それはりっぱなものだろうと信頼してしまう気持ちになる。ともかくおめでとう。

ことしの年賀状によれば、この一組みは、ぼくなどの意見にかなり反対であるらしい。これもいいことだ。若いものが、いつまでも、五十歳近い人間のいうことを、そのまま受け取っているようでは、世の中が進まない。大いに反対すべきである。一組みになってからも、どしどしやるべきだ。それといっしょに、一組みになると、やがて、ものごとを、もうすこしこまかく見る目もそなわってくるだろう。(後略)

わたしたちの年賀状は、教育実践や研究運動と、組合活動や政治活動との関わりについて、自らの姿勢を書いたものであり、国分氏への批判として書いたものではない。印刷してみんなに出したものである。「ものごとを、もうすこしこまかく見る目」なるものが、原則を逸脱し、党の決定を歪める結果になったのだとしたら、残念なことである。

正木欣七さんは、「結婚記念の栞」に、「仕事と台所」という一文で、食事の支度をめぐって共働きの奥さんとのやりとりを書き、男のエゴイズムを自ら告発している。

奈良、竹井の両氏は結婚生活にまつわる、衣、食、住の問題をどう処理するのだろうか。もちろん両氏は僕等のように古いしっぽをぶらさげて生きてはいない。だが、共稼ぎにおける仕事と台所の統一は、日本人の男と女の持つ基礎的な矛盾の一つであるだけに単純じゃない。何れにせよ、たゆまない両氏が、遅れた僕等の尻をたたいて、新しい仕事と台所の統一的な実践をみのらせてくれることを期待する。

正木さんは、単純に教育実践への期待でなく、台所仕事との統一を求めた。正木さんのこの一文に応えるべく、わたしなりの努力をした。後に衆議院議員候補者としての宣伝パンフに、妻がわたしの作るおじやのことを書いている。イメージアップのビラには、「得意な料理はまぜごはん」という活字が躍ったこともある。妻はまた、うどんを茹《ゆ》でるわたしの腕前のことを短歌に詠んでくれたこともある。

しかし、日常的には正木さん以上のエゴむき出しだったかも知れない。そうした中で妻は、教育実践の忙しさの合間を縫って精神的な豊かさを求め、書道、華道、茶道、謡い、自きょう術などを学んでいったのだから驚く。

話は違うが、党の専従になった時、「専従活動が長続きするかどうかは、料理が出来るかどうかだ」と言われたことがある。安い活動費で外食に頼れない、食事のたびに帰宅していたら思うような活動が出来ない。わたしが党の事務所で食事が作れるようになったのは、正木さんの問いかけと、調理に気を使ったくれた妻のおかげである。

4 勤務評定とのたたかい

二人の昇給延伸

茨城県教職員組合古河支部の大会で、支部執行部の組合費の上納をめぐる不正（組合員数を実際より少なく報告、上納しない分を会議費名目で幹部が飲み食いに使う）を追及した時、脇に座っていた女性教師が、「先生、負けないで」とか、「頑張って」とか、わたしが発言に立つたび声をかけてくれた。後で親しい仲間になる第一小学校の鈴木和子（後の石黒和子）さんだった。

学生運動の「前科」を咎められて就職が遅れた南条英雄さん、海軍特別年少兵から敗戦後大学に入り直して教師になった野口徳《のぼる》さん、埼玉から移って来た江森信市さんらも加わって、活動家集団も大きな影響力を持つようになっていった。反動勢力からは「奈良の軍隊」と呼ばれていたようである。

「奈良の軍隊」への最初の攻撃は、古河第一中学校の三浦園子教諭と、今は古河市に合併された隣の総和町の岡郷中学校の野口徳教諭への昇給延伸であった。一九五六年当時の友末県政は、財政難を口実に百名を遥かに超える小中学校教諭に昇給延伸を押し付けてきた。当時三か月延伸は生涯で家一軒建つほどの損害などと言われていた。県教組は、「全員提訴でたたかえ」と勇ましい号令をかけていたが、次々に切り崩されて人事委員会への措置要求に踏み切ったのは全県で三浦・野口両教諭のみとなった。

三浦教諭への延伸理由とされた中に、「無断で旅行した」というのがあった。彼女が思い当たったのは実家のある下妻市に帰省して、陸上競技会を見に行った時、偶然校長に遇ったことだけ。その時校長は彼女が連れて行った甥を見て、

「何だ、こんな大きい隠し子がいたのか」

と冗談を言って笑ったとのこと。そんな微笑ましい部下とのやり取り。それが延伸者数を割り当てられれば忽ち理由とされるのである。もう一つ、「古河うたう会に無断で出ている」というのもあった。古河うたう会は、市から助成金を受けている古河市文化協会加盟団体で、最も活発に活動しているとして高い評価を受けていた。音楽の教師がその才能を生かし、父母や成長した教え子や一般市民に奉仕することは、表彰を受けるのならともかく、断じて延伸の理由としてはならないというのがわたしたちの主張であった。

野口教諭はその前歴の教訓から平和教育・平和運動に熱心に取り組み、被爆者募金の取り組みから「カンパの徳さん」と渾名されてきたが、昇給延伸はそれへの報復だった。割り当て延伸こそ勤務評定の先駆けだったのである。

二人の人事委員会への措置要求のたたかいは、その支持をめぐって烈しい論議が交わされたが、教育委員会や校長会の執拗な干渉を撥ね返し、一九五五年の古河支部青年部大会で満場一致で支持することを確認、支部大会でも正式に支持が可決された。このたたかいは、削られてきた日直手当差額請求闘争と結合して一九六三年、三浦・野口両教諭のみならず県内すべての延伸者の復元をかちとったのだった。

三浦教諭の実家は下妻市の光明寺である。祖父は歌人長塚節《ながつかたかし》の親友だった。節が、「常陸国下妻に古刹あり。名を光明寺といふ。門前に一株の菩提樹あり。伝へいふ宗祖親鸞の手植えせし所と。蓋《け》し稀に見る所の老木なり」と長い詞書《ことばがき》を連ねて詠んだ一首の歌碑が建つ名刹である。そんな関係から、大勢の教師の苦しみを救った三浦園子さんは、「親鸞聖人の生まれ変わり」と呼ばれた。

勤評闘争対策会議の中で

一九五六年十一月、愛媛県が赤字財政に悩み、教職員の昇給を該当者の七割に留める、つまり三割の延伸者を出す必要に迫られた。それが勤評の始まりだった。政府自民党は愛媛を先頭に各都道府県に勤務評定の実施を強要し、一挙に日教組・日高教に対する攻撃をかけて来た。茨教組は茨高教組、県職組らと共同して、県に対し勤評反対の申し入れを行った。

勤評反対のたたかいを全国的に前進させるための共産党内の会議が党本部で開かれ、茨城県からは吉田徳一さん（当時県教組青年部長）と県教組古河支部書記長だったわたしが出席した。党中央の幹部と関東地区一都六県の代表による会議だった。

組織防衛の観点からだろう、県名だけの自己紹介で会議が始まった。それぞれの都県の取り組みの状況や成果や教訓、悩みなどが交互に話し合われた。その中で際立って指導的な発言を繰り返したのが、大柄で恰幅のいい群馬代表だった。群馬の勤評闘争の高揚については少し耳にしていたが、こんな途轍もないスケールの教師がいるからなのかと納得しかかったら、その人が何度目かの発言の時、「僕ら県委員会の立場から言えば……」と言ったので、ああ、この人は教員ではないんだと初めて分かった。変な言い方になるが、何故か少しほっとした気持ちになった。ずっと後のことになるが、この人こそ後に党書記局長・衆議院議員として活躍された若き日の金子満広さんだった。

小選挙区制が強行され、金子さんが衆議院比例区の北関東ブロックから出ることになった時、北関東各県の進歩的革新的伝統を掘り起こすことの重要性が強調された。それ以来始められた「田中正造を現代に活かすシンポジウム」（佐野市）は今年で二十三回目を迎えたが、金子さんは正造顕彰運動でも大きな足跡を残された。また、「西の高知、東の常総」とうたわれた茨城の自由民権運動と、その影響で発展した茨城におけるプロレタリア文学運動の研究がわたしのライフワークになったのもこの時の金子さんの提起がきっかけの一つとなっている。

横道にそれたが、金子さんと勤評闘争との関わりについて、金子さんに直接伺ったエピソードを記しておきたい。

群教組と言えばわたしは稲垣倉造さんを思い出す。群教組青年部主催の講演会で迫力のある話を聴いたことがある。稲垣さんは勤評闘争の中で商工業者の閉店ストなる戦術を編み出し、民主主義擁護連盟、有名な群馬民擁連という組織に発展させた人である。

その稲垣倉造さんと金子さんが片品村の小学校にオルグに入った時のこと。反動勢力のボスに扇動され組織された農民に襲われ、宿直室に閉じこめられたことがあったという。手に鎌を持った農民を前に金子さんは戦争中の苦しかったことを思い出させるように話しかけた。家族に戦死者や戦傷者がいる人もあれば、疎開してきた親戚の人を迎えて苦労した人もいる。軍隊優先で米の供出を迫られたことや、働き手が出征して困ったことなど、様々な体験を訊き出して、勤評が先生たちの自由を奪い、お上の言いなりの教育をさせるのだということを諄々と説いたという。稲垣さんもおそらく適切な支援をしたに違いない。納得した農民たちは、勤評反対闘争の強力な味方になったという。

勤評に反対する教職員のデモ

衆議院議員の候補者となってからわたしは、何回も金子さんの応援演説を聴いたが、その豊かな説得力にいつもこの話を思い出していた。

斎藤喜博さんに「反論」

一九五八年、茨城県教育研究サークル連絡協議会が結成された。後に琉球大学や鹿児島大学に招かれることになる茨城県牛久の太田昭臣さん、後に立正大学で教鞭を執り、新俳句人連盟で鴨下昭の俳号で活躍している龍ケ崎の正慶岩雄さん、茨城県歴史教育者協議会で実績を残した花田久さん、後に滋賀大学で教壇に立った鈴木正気さん、まさに多士済々の顔ぶれだった。わたしは、埼玉のサークル協の結成に立ち会った経験を生かすべく努力した。

この年、教師に対する勤務評定制度に反対する全国的な闘争が展開された。勤評の導入は教育委員の公選制の廃止、教科書検定制度の強化、教育公務員特例法の改悪に続いて、教員の生活や権利の侵害、思想・信条の統制、教育の対米従属化・軍国主義化をめざすものとされた。

そんな時サークル協の主催で勤務評定についての学習会を持ったことがある。講師として招いたのは、群馬県の著名な教育実践家斎藤喜博氏だった。斎藤さんは小学校の校長だったが、その優れた教育実践に学ぶために全国から現場教師が授業参観に押しかけるほどだった。

斎藤さんは講演の中で、自らの教育実践に触れ、

「職場の同僚や父母、教え子たちからも信頼される実践をしていけば、勤評など恐るるに足

りない。教師としての力量を身に付けて、堂々と胸を張って勤評とたたかって欲しい」と講演を結ばれた。わたしは斎藤さんの話に深い感銘を受けながらも、腑に落ちないものがあった。思わず手を挙げていた。

「お話はよく分かりました。でもわたしは『勤評恐るるに足らず』では、このたたかいは勝てないと思うんです。茨城県内に『わたしの教育実践を見てみよ。それでも低い評価をするというのか』と胸を張れる教師が何人いるか、と問われると、残念ですが心もとないと言わざるを得ません。いや、勤評はわたしたちが良い教師、立派な先生と尊敬している人を狙って来るのです。今大切なことは、勤評の狙いを政治的にも教育的にもしっかりとらえている教師は勿論、酒で失敗する人もパチンコの好きな教師も、みんな『校長の恣意的な判断で差別されるのは御免だ』『職場の仲間を勤評でバラバラにするな』という一致点で団結してたたかうことが大切なのではないでしょうか」

一斉に拍手が起こった。斎藤さんの厳しい顔がいっそう強張って、「そんな自信のないことでどうするか」と一喝された。斎藤さんは教育実践論、わたしは運動論。論議は嚙み合わなかった。

だが、全国の教師たちの尊敬を集めている方に何という不遜、今思い出しても恥ずかしい無鉄砲ぶりであった。わたしは二十代半ばの若造だったのである。

後に斎藤喜博さんがアララギ派の歌人であり、土屋文明の高弟であったことを知る。勤評闘争を詠った歌に、

中立など今はない故覚悟して、どっちかの側へ君もつき給え

という潔い歌もあることを知った。

斎藤さんの存在が、高知・和歌山と並ぶ群馬の勤評闘争の大きな支えとなっていたことを知るのもずっと後のこととなる。

黄色いリボン

勤評闘争の象徴は黄色いリボンであった。勤評反対の意思を黄色いリボンを着けることによって示すのである。

職場の同僚たちの反応も様々だった。リボンを着ける、そんな簡単なことがすべてスムーズにいくかというとそうはいかなかった。組合の役員として当然教師一人ひとりに、「勤評反対のリボンです。胸に着けて下さい」とリボンを渡して回った。

「分かりました。ご苦労さまです」

と言ってすぐに胸に着ける人ばかりではなかった。

「いつもお世話になっていて本当に申し訳ないのですが、主人の父親が校長をしていまして、いろいろ言ってくるものですから、聞こえると困るので、遠慮させて下さい。すみません。ご免なさい」

と言う人もいた。

「奈良さん、あんたが先生たちのために骨を折っていることはよく分かるよ。頭が下がる。協力したい気持ちもある。だけど実を言うと、前任校で長く病気にかかり教頭試験を受けるのが遅れてしまったんだ。家内の実家の方から皮肉を言われたりして俺も少し焦っているんだよ。他のことなら協力させてもらうけど、これは眼をつぶってくれないか」

と言う上司もいた。汽車で通ってくる女性教師は、

「退勤する時、校長室で名札をひっくり返すの、あれ本当にいやだった。校長先生が『もう帰るのか』って顔してジロッと見るの。あれ止めさせてくれてありがとう。感謝してます。ええ、勿論勤評反対です。リボン着けますよ」

と歓迎してくれた。

「勤評なんて誰が言い出したんだろう。何か戦前に逆戻りしている気がするね。『勤評は戦争への一里塚』って組合の新聞に書いてあったけど、まったくその通りだよ。わたしは軍隊の経

験があるけど、上官のビンタばかり。もう戦争はこりごりだよ奈良さん。頑張ってくれよ」

と激励してくれる先輩に訊いた。

「軍隊の経験で一番心に残っているのはどんなことですか」

「そりゃ夜間の訓練の時、普段威張ってばかり、何かというと暴力を振るう上官を暗闇にまぎれて蹴飛ばすことだね。ざまぁ見やがれってもんだ」

新任の女性教師は、分かりましたとリボンを受け取ってから、こう言った。

「こんな時だからお話ししますけれど、初めてこの学校に採用が決まった時、教育委員会の方から、『前もって話しておくけど、三小に行ったら奈良先生には近付くな。あの先生は恐い人だからな』と言われました。でも失礼ですが、先生はちっとも恐くない。むしろたいへん優しい方だとお見受けしています。なぜあんなことをおっしゃったんでしょう」

何気ない雑談では出て来ない話、ひとつの小さな決断を迫られる話となると、本音が出て来ることがよく分かった。

運動会が近付いてきた。来賓席に教育長が座ったら、同僚たちはリボンを着けていられるか。父母にアピールする良い機会なのだが……。わたしはＰＴＡの体育委員会のメンバーを訪ねて、運動会当日リボンを着けてもらえないかと頼むことにした。体育委員は障害物競走に使う跳び箱を運んだり、玉入れ競技の後片付けをしたりと一番目立つ役目なのだ。幸い委員長は国鉄労働組合の役員で、快く引き受けてくれた。

「明日は我が身、先生方も頑張って下さい」

運動会当日が来た。胸にリボンを着けた教師、腰に着けた教員、来賓のテントに近付く時はランニングシャツの下に隠してしまう教員、着けていない教員など様々だった。体育委員の父母たちはみんなリボンを着けてくれていた。それを見た教育長が一瞬表情を曇らせた。

茨教組のたたかいは県庁への抗議の座りこみで、古河支部の仲間も果敢にたたかい、ごぼう抜きにあったが、統一行動ならぬ同一行動論を克服出来ず、ストを打つことが出来なかった。この苦い経験はわたしたちを鍛え、後日に生かされることになる。

村山知義氏の来訪

或る日、立派な身なりの紳士が我が家にやって来た。

「奈良達雄さんはご在宅でしょうか」

と言う。

「はい、奈良達雄はわたしですが」

「お会い出来て良かった。村山知義です」

一瞬驚いて来訪者を見つめた。写真で見たことのある村山知義さんその人である。わたしは夢でも見ているような気がして、どぎまぎしていた。

「で、何故拙宅へお越しいただいたのですか」

「いろいろお話を伺いたいと思いまして……」

「まぁお上がりになって下さい」

と座敷に案内した。

「実は勤務評定反対闘争の戯曲を書こうと思いまして、あなたのところに伺えばためになるお話が聞けると思ってお訪ねしました。戯曲は題名だけ決まっていまして、『緑の山河』です」

「緑の山河」というのは浦和市常磐小学校の教師原泰子さんの作詞になるもので、当時の日教組が選定し普及に努めていた歌である。この歌は戦後復興の意気を示し平和教育への誓いをうたった歌として、教員組合の大会や決起集会の時に必ず歌われたものだった。村山さんは、勤評闘争の象徴として「緑の山河」という戯曲名にしたのだろう。

わたしは、職場の団結を壊す狙いの勤評が、逆に腹を割った話し合いで本当の仲間意識を育てたのではないか、立場の違った地域の労働組合を回って子どもを中に据えての連帯を強めたことなどを話した。村山さんは頷きながらメモを取っておられた。

「ありがとうございました。これからもよろしくお願いします」

村山さんは丁寧な挨拶をされて帰られた。わたしの話がどれほどの役に立ったのだろう。申し訳ない気持ちでお見送りした。

余談だが、後に読んだ「志村夏江」の解説で、初演時（築地小劇場）の舞台稽古の日（一九三二年四月四日）に村山さんが検挙されたことを知った。

あの時お引き留めして、戦前の緊迫した状況の中での活動について訊いておけばよかったと思ったが後の祭りだった。

村山知義さん

文学散歩でいくつかの違ったグループを雑司が谷霊園に案内したが、霊園側の案内図には文学者で村山さんだけが除かれていた。亡くなられた後までパージされているのは、その存在が如何に権力側に恐れられていたかを示すものだろう。

5　教え子Kのこと

始業式の日から

二十一年の教師生活の中で最も手を焼いた教え子、Kのことを書いておきたい。

新任から五年目、ようやく慣れてきた時に受け持った二年生、その中にKがいた。前担任の篠崎さんから、大変乱暴で友達をいじめる、悪さをする、言うことを聞かない、問題が多い子だということを　聞かされていた。

「でも、本当は優しい子なんだと思っているんですよ」

篠崎さんは最後につぶやくように言った。

四月の始業式は子どもたちにとって一番緊張する日である。担任は誰、どんな先生なんだろうと、身を固くしてかまえている。

教室に入ると空席が一つあった。最初の日から欠席児童がいるのか、と思ったらそうではなかった。Kが窓に上ってわたしを見下ろしていたのだった。この教室は窓が二段になっている。その高い方に上って柱に摑まっていたのだ。

「さあ、お前は俺の存在をどう思ってるんだ」

とでもいうような、わたしへの最初のデモンストレーションであった。

「Kちゃん凄いな。高い窓に上るの恐くないんだ。先生は恐くて上れないから、窓の掃除どうしようかと思っていたんだけど、Kちゃんがいるから心配ないや。高い方の窓掃除、やってくれるよね」

と声をかけると素直に頷いた。

「じゃあ、下りて来てみんなと一緒に勉強しよう」

Kはするすると下りて来た。とんだ初対面だった。

転校を望む親たちの声

学期初めの学級PTAは大変だった。役員を決めるどころではない。最初からKへの非難が続いた。

「先生、Kちゃんを転校させて下さい。うちの子はKちゃんが恐くて学校に行きたくないと言ってるんです」

「うちの子もそうです。鉛筆を盗られた、上履きを隠されたと、帰って来ればKちゃんに意地悪されたことばかり。本当にかわいそうで、何とかならないものでしょうか」

「うちでも、あの子を転校させてもらえないなら、うちの子を転校させようかって話しているんです。でも、小さい子を大宮や宇都宮に通わせるのも心配ですし、本当に困っているんです」

「今日も主人から、『お前、きちんと先生に話して来い。あいつを転校させろ、教育委員会に話す』って言われて来たんですよ」

といった苦情が相次いだ。

「お話は分かりました。でも、この学区に住んでいる限り、三小以外にあの子が通える学校はありません。いや、何処かの学校に移ったとしても、あの子を変えなければ行った先の子どもたちや親御さんたちが同じように悩まされるに違いありません。わたしはK君を追い出すのでなく、変えなければならないと思っています。あの子を変えるのはわたしの責任なのです。しかし、わたしだけで変えるのは難しい。みなさんのお力をお借りしたいのです。あの子は学校から自分の家へ帰るのでなく、近くの親戚の家へ帰るのです。母のない子で、父親も廃品回収で忙しく、家を留守にしているのです。淋しさをまぎらわすため、友達に当たっているのです。外であの子を見かけたら、優しい言葉の一つでもかけてやって下さい。お願いします。お子さんたちにもわたしからよく話しておきますから」

わたしは懸命に話した。

「分かりました。Kちゃんをよく見かけるんですよ。今度は声をかけてみましょう」

と言ってくれた母親もあったが、半信半疑、不服そうな顔もあった。いよいよ試される時が来たと思った。

Kを見直させるために

噂の通りKの行動は凄まじかった。友達を階段から突き落としたり、給食のミルクを前の席の子の背中に流しこんだり、ナイフを振り回して暴れたり、止めるわたしの手に噛み付いたりした。Kの行動にいちいち対応していたら、振り回されるだけである。

Kには少し吃音《きつおん》があった。だから話すより先に手が出るのだった。衝動的で絶えず不満を抱えているように見えた。あたりを絶えず警戒しているようで、落ち着かない獣のような目付きをしていた。

或る親から、Kが柿の木に縛られていたのを目撃したという話を聞いた。嘘か本当か、縛られて古井戸に吊るされたことがあるという話もあった。反抗心から周りの子どもたちに当たり散らすのだろう。当時ストレスという言葉は使われていなかったが、言ってみればストレスの塊だったのだろう。

子どもたちからは、毎日Kから受けた被害の訴えが次から次と続いた。

「先生、Kちゃんはわたしの消しゴムを返してくれないんです」

「Kちゃんはわたしのノートにいたずら書きして、汚しちゃったんです。先生、怒って下さい」

「先生、Kは俺の給食のミルクをわざとこぼしちゃって、知らん顔してんだど……」

わたしは少し乱暴だと思ったが、子どもたちに言い渡した。

「先生はKちゃんについての告げ口は受け付けません。自分でKちゃんと話し合って解決して下さい。それから、Kちゃんがみんなに喜ばれるような良いことをした時は真っ先に先生に教えて下さい」

Kに悪さをされた時、被害者意識でキャーキャー騒ぐから、Kは余計面白がってやるのだ。きちんと抗議することによって、Kに反省させることが必要だと思った。良いことなどするかどうかは分からないが、「あの子は悪い子だ」という先入観を取り払いたいと考えたのだった。言い出したからには、わたしもKの良さを見付けなくてはならない。

そんな時、前出の篠崎さんからいい話を耳にした。Kが近所の一年生を家まで送ってやったというのである。わたしはKにそれとなくヒントを出して、作文を書かせた。週一度出すことにしていた一枚文集『げんきな子』に「Kちゃん　えらいぞ」というタイトルを付けてKの作文をトップに載せた。

「ぼくは　のぶおちゃん　とこ　まってやりました。うちえ　かえって　のぶおちゃん
の　おかあさんに、おせんべい　もらいました。そして　のぶおちゃん　の　おかあさんに
「どうも　ありがとう」と　いいました。

「とこ」というのは、「のことを」の意味である。

わたしは、この作文の後書きに、

いちねんせいを　まっていてあげたんだね。Kちゃんだって、らんぼうばかりしてるんじゃないんだね。Kちゃん　えらいぞ。

と書いた。みんなで読み合わせた時、Kはてれくさそうに笑っていた。子どもたちも素直に手を叩いてくれた。

Kを訴える告げ口がいくらか少なくなってきた。ひと月ほど経ったころ、Kが作文を書いてきた。

ぼくは　きのう　しのざきせんせいの　くみで　だれかはんかちを　なくしたから、しのざきせんせいに　やって　しのざきせんせいが、「Kちゃん、いいこだなあ」といいました。

二年生にしてはたどたどしい作文だ。語法上も問題があるという評価になろう。しかしわたしは、「Kちゃんが、また　いいこと」と大きなタイトルを付けて文集に載せた。後書きは篠崎さんに書いてもらった。

Kちゃん、はんかちとどけてくれてありがとうね。二ねんせいになったら、とてもいい子になったと、みんながいっていますよ。せんせい、とてもうれしいです。

前担任の援助はとてもありがたかった。

父親との話し合い

家庭訪問の日程が組まれた。わたしは事前に連絡して、真っ先にKの父親に会った。

父親は初めから謝り通しだった。

「あっしは本当に先生に申し訳ねえと思っています。何もしない友達を叩くって聞いています。どうしてそんなことをするのか、あっしにゃ分からねえんです」

「何か心の中にもやもやしているものがあると、少しのことで癪《しゃく》に障るんでしょう」

「帰って来ても誰もいないし、何があっても話す者もいない、それで黙っているんですね。こいつも淋しいんかも知んねえな。これはいつか鳥師から聞いた話だけど、軍鶏《しゃも》はケンカに勝つとでかい声で鳴いて機嫌がいいが、負けた軍鶏はあたりを突っついたりして、機嫌が悪いってんだな。それとこれと一緒になんねえかも知んねえけど、Kの奴も先生が言うように何か面白くねえもんがあって、ついやっちゃうのかも知れねえな」

父親の引いたたとえに、わたしは教師の言葉は在り来たりで、公式的で貧し過ぎると思いながら聴いた。

わたしは、ぜひK君の話を聞いてやって欲しいと頼んだ。

「そうですか。話を聞いてやることが大切なんですか。それは知らなかった。これから出来るだけ学校での話を聞いてやります。なあに、その気になればこっちは疲れてたって寝てたって聞けるんですから……」

ひと息ついてから、さらに父親は言った。

「恥を話すようだが、先生。あっしはいっぺんだけ男涙を流したことがあるんですよ。それは武田さんの奥さんに遇った時のことなんです。Kのことを、他人の子どものことをあんなに心配してくれる人はねえ。『お父さん、どんなに辛いことがあっても、Kちゃんのことをかわいがってやって下さい』と言われた時は、あっしはほんとに泣きました。先生やみなさんが、Kのことをこんなに考えてくれているのに、あっしがかわいがってやらなくちゃ申し訳がねえ……。いつか友達から聞いたけど、橋を架ける時は両方から工事を始めるという、あれだなぁ」

また凄い例を引いて頷いてくれた。

破れた紙風船

或る日、Kが紙風船を持って来た。買ってもらえるような家庭環境ではないから置き薬屋からもらったのだろう。休み時間に、

「みんなで風船突きをやろうか」

と声をかけると、近くにいた子ども十数人が寄って来た。雨が降っていたので廊下ですることにした。わたしは意識的に一人ひとりの子に風船がいくように突いた。Kには目立たぬ

よう少し余計に多く……。

風船が窓際に飛んだ。S子が攫《さら》うように突いた時、鈍い音がして紙風船が破れた。S子の顔色が変わった。一瞬Kの表情が曇った。子どもたちの間に緊張が走った。とその時だった。

「また糊で貼るべな」

とKが言ったのだった。ほっとしたS子の表情。わたしはあっけに取られた。

「破られた、殴れ」

これがこれまでのKの思考回路だった。それが今日は違った。みんなに遊んでもらった嬉しさが衝動を抑えさせたのだ。意地悪するから嫌われる、遊んでもらえない、つまらないからまた意地悪をする。その連鎖をKは断ち切ったのだった。

入学検査の日に

入学検査の日が来た。四月に小学校に入る子どもの身体検査や簡単な知能テストを行うのだ。まもなく入学する子どもたちは、緊張した表情で親たちに付き添われ、並んで受け付けを待っていた。

わたしの担当は座高の測定だった。受け付けがすんで子どもたちが最初に測るのは身長、続いて座高、それから体重の順に流れて行く。

「はい、此処に座って、少し顎を引きましょう。えーと七十八センチ。もういいですよ」

などとやっていたら、給食作業員のSさんが飛んで来て、

「奈良先生、早く受付に来て下さい」

といきなりわたしの腕を摑んだ。

「駄目ですよ。座高を測る子どもが溜まっちゃいますから」

「待たせておけばいいじゃないですか。早く受付に来て下さい」

と、また引っ張った。何事ならんと付いて行くと、SさんはKちゃんがKちゃんがと口走っている。Kがまた何かやらかしたかと思いながら受付に行った。そこに四月に入学する弟を連れているKがいた。

「先生、Kちゃんは偉いでしょ。市役所からの入学検査の書類をちゃんと持って、弟さんを連れて来たんですよ」

Sさんは興奮気味に言った。Kは弟と手を繋いで照れ笑いをしていた。

「偉かったね。お父さんの代わりが出来て」

PTAの会議などで「父兄のみなさん」と言う偉いさんがいる。わたしは「父母のみなさん」と言ったが、確かにKも「父兄」の一人に違いない。しかし二年生の兄が入学検査に弟

妹を連れて来るという例は日本広しといえど、K一人ではあるまいか。すっかりKを見直したことだった。

嬉しかったのはKの行為だけではない。わたしがKの粗暴な行動に悩み、指導に苦しんでいること、何とかして集団に溶けこめるように指導したいと努力していること、そのために学級の父母にも協力を呼びかけていることなどが前担任や心ある母親たちの協力によって広く知られるようになっていたことである。給食作業員のSさんが真っ先にわたしに知らせたいと考えた行動はその表れだと思った。子どもはその親や担任の教師だけでなく、周囲の大勢の大人たちによって育てられていくのだと思った。

成人式の日

三年生になってほどなく、Kの姿が見えなくなった。風の噂で隣の境町に移ったことを聞いた。

いつしか十年以上も過ぎてKのことを思い出すこともなくなっていた。そんな或る日、教室で子どもたちの作文に赤ペンで感想や批評を書いていると、背広にネクタイ姿の青年が入って来た。教材の売りこみでもあるかと思ったら、青年は丁寧に一礼すると、

「達雄先生ですね、Kです。お久し振りです。二年生の時は大変ご迷惑をかけました」

と言った。名乗られなければその青年が誰だか分からなかったに違いない。が、よく見れば、子どものころの面影を残している。まさしくそれはKであった。わたしは立ち上がってKを抱き締めた。

「立派になったなあ。よく訪ねて来てくれてありがとう、嬉しいよ」

「お陰様で今日成人式を終えたのでご挨拶に伺いました」

その後Kは、五十五年振りの同窓会にも元気な姿を見せてくれた。教師冥利につきる思い出である。

III章

平和と民主主義のために

——諸闘争をめぐって

1　教育課程改悪反対のたたかい

講習会参加者への呼びかけ

一九五八年九月、文部省は小中学校教育課程の改定を公示した。偏狭な愛国心の育成を狙う道徳教育の徹底、社会科の反動化・軍国主義化、日の丸、君が代の強制など教育の国家統制を強めるものだった。日教組は改悪教育課程の伝達講習会を阻止する方針を決めていた。

茨城における伝達講習会は、水戸、日立など八か所で計画された。わたしは茨教組古河支部の書記長として、古河に一番近い下妻会場を担当することになった。一九五九年八月二十七日から三日間の日程である。

共闘を組む茨高教組からは高橋清県書記長が駆け付けてくれた（高橋さんは後に日本共産党の最初の県議会議員になった人である）。

闘争本部は住職の三浦五朗さんの好意で、光明寺の本堂をお借りすることが出来た。私たちは、受講を命ぜられた教師たちに何処から訴えたらいいか会場周辺を調べて歩いた。途中で教育事務所・教育委員会側の一行に出くわした。こちらは苦笑いしながら挨拶したが、先方はこそこそと去って行った。

光明寺に集まってくれたのは、茨教組、茨高教組組合員のほか、支援に加わった下妻市職組、東洋相互銀行従組組合員ら総勢二十数名の部隊であった。動員された警察官より少ない。伝達講習会の開催を実力で阻止することなど出来る筈がない。わたしは、初めから阻止を試みて混乱し反感を買うよりも、夏休み中にいやいや動員された教師たちと団結を強め、教育課程改悪反対の意思統一を図ることが大切だと考えていた。

主催者側は指名した者以外は会場に入れない厳重な態勢をとっている。それでもにこにこしながら手を振って挨拶して行く参加者もいた。講習がすんだら光明寺に寄って下さいと呼びかけると、分かりましたと元気に応える人もいて勇気付けられた。

警官隊との対峙

警察官と対峙して立っていると、三浦園子さんがアコーディオンを弾き始めた。「七つの子」

だ。流石は教員の組合である。たちまち奇麗なハーモニーだ。睨んでいた警察官がうなだれる。続いて「赤とんぼ」のメロディが流れる。歌う声が揃う。ひと区切りして、

「それじゃあ元気良く歌いましょう」

と声がかかったと思ったら、「民族独立行動隊」だ。警察官がまた厳しい表情になった。頃合いを見てハンドマイクで訴えた。

「教育課程の伝達講習会にご参加のみなさん、ご苦労様です。わたしたちは、このたびの文部省による教育課程の改定に強い危機感を抱いています。上からの徳目や、誤った愛国心、日の丸君が代の押し付け、まさに戦前に逆戻りさせようとしています。日米軍事同盟・安保条約による自衛隊の海外派兵に備えようというのです。教え子を再び戦場に送るな、このスローガンを今こそ高く掲げる時ではないでしょうか。

講習会にご参加のみなさん、今日の講習会がすんだら、ぜひ光明寺さんにお寄り下さい。教育課程についてご一緒に研究討議しようではありませんか」

そこへ高橋書記長が近付いて来て、奈良君、もっと近い所でやろうやと言って、警官隊が勝手に引いた警戒線の中に入って行った。組合員が後に続いた。その途端、警察官が一斉に排除のための行動に移った。機動隊ではないのでぎこちない。交通指導で顔見知りの警察官が近付いて来て、

「奈良先生、困りますよ。みなさんを説得して下さいよ」

「説得？　わたしは講習会にかり出された先生たちを説得に来たんだから……」

と言うと、

「冗談は止めて下さいよ」

と頼むように言った。物理的抵抗はしないつもりだったので、抗議しながら「排除」された。

高橋書記長は正当な呼びかけに対する妨害行動に厳重に抗議した。

受講者との交流

講習会を終わって参加者が続々と光明寺に集まって来た。受講者に参加を呼びかけた人たちに拍手で迎えられた。広い本堂が一杯になる。

高橋書記長は、ビラや声かけハンドマイクで受講者に教育課程改悪を批判する意図を伝えることが出来たこと、訴えにあたった人と受講者との交流・団結を勝ちとったこと、警察による排除行動にも一人の逮捕者を出さず不当性を訴えることが出来たことなど、今日の成果を纏めた。

続いて今日の講習の内容を教科ごとに報告してもらい、明日どんな質問をするか、どう反論するかを討議した。ハンドマイクによる訴えは、休憩時間になる十一時ごろが効果的だということも確認した。

高橋書記長の指導性は流石だった。一人ひとりの発言に頷き、激励の言葉をかける。総括でも、行動の提起は理論的で力強く、聴く者を奮起させるものがあった。

明日も会場内で批判活動、受講者への呼びかけをする人は元気に確信を持って訴えることを申し合わせた。翌日も翌々日も講習会終了後、光明寺本堂での会議は続けられ、団結を固め合った。

こうして、県内八か所の講習会での訴えのうち下妻会場のたたかいは最も高い評価を得たのだった。

教育委員会によって講習会参加を義務付けられた人の中には戸井たみ子さん、会場の外から批判を呼びかけた側には後に共産党下妻市議となる小島真さん、後に千代川村の共産党村長になる長塚節研究家の永瀬純一さんもいた。

遁走した「大校長」

教育課程講習会反対のたたかいで県教委は、茨高教組九名、茨教組十三名の処分を発表、通告してきた。茨教組十三名のうち六名は本部の幹部、支部関係で処分された七名のうち五名までが古河支部組合員であった。県の書記長が「戒告」なのに支部の書記長に過ぎないわたしが「停職十日」、役員ではない三浦園子さんが「減給一か月」の処分だった。

処分が発表された日からわたしたちのたたかいが開始された。『母と子』の読者を始め父母に呼びかけて集会を各地で組織し訴えるとともに、撤回を求める署名運動を始めた。担任していた小さな一年生の子が、おかあちゃんはせんせいのみかただって、そういってたよ、と知らせてくれた。

処分は校長の内申に基づくとのことだったので、早速一番重い処分を下した第三小の校長にどんな報告をしたか質すことにした。支部内で処分を受けた他の四人と一緒に、W校長と放課後校長室で交渉することになった。わたしたちはW校長がどんな報告をしたか尋ねた。校長はのらりくらりでまともに答えない。わたしは校長が当日会場にいたのかどうかも尋ねた。言葉を濁しながら校長は極力品位を保とうとしていた。押し問答を続けているうちに、

「小便がしたくなった。便所へ行かせてくれや」

と言った。生理的欲求なら仕方がないとしばらく待つことにした。ところが、彼は便所から逃げ去ったのだった。

あっけに取られたが後の祭り。靴下のままかスリッパで逃げたのか、それともあらかじめ靴

を隠しておいたのか。郷土史家として知られ、「大校長」とうたわれた人のあまりにも惨めな行為に呆れるより情けなさが先に立った。

教育長「重傷」事件

処分の撤回を求めて古河市教育委員会交渉を行った。応対したのはN教育長と教育委員会の職員だった。

校長交渉と同じように、どういう報告をしたのかを尋ねた。教育長は、各校長からの報告をそのまま県教育委員会に伝えたという。そこで、

「教育委員会法によれば、『教員の処分を行う場合には、あらかじめ委員会の開催を公示しなければならない』とあります。公示文書を見せていただけませんか」

と問い詰めると、教育長の顔色が変わった。さらに念を押した。

「公示されたんですよね。公示しない会議では処分の報告などできませんものね」

その時だった。奥から市職員が、教育長さん、急ぎの電話ですと言って飛びこんできた。助け舟を出す時機を今か今かと待っていた様子がありありだった。教育長は立ち上がって部屋を出ようとした。

待って下さいと言って阻止しようとしたのは、端に座っていた第一小の鈴木和子さんだった。逃げ道を塞がれた教育長は、鈴木さんの襟首を摑んで右に払うと、あっという間に部屋を飛び出して行った。わたしは立ち上がったままだった。見事に逃げられてしまった。怪我をした彼女は、すぐ医師に診断書を書いてもらった。全治一週間とのことだった。

翌日の新聞を見て驚いた。他の新聞は茨城版の記事だったが、毎日新聞は全国版で「教育長重傷」という大きな見出し。「教育長は鎖骨を二本骨折の重傷」「奈良支部書記長が暴力」などと見ていたかのような記事である。

実家に訳を話しに行くと従兄弟が来ていて、

「多分警察に拘留されているだろうから貰い下げに行かねばと飛んで来たところだ」

不謹慎だが、わたしはおかしくなって思わず笑ってしまった。

「あれは大嘘。日教組の顧問弁護士さんが来てくれて対策を練っています。そのうち嘘はバレますから。ご心配かけて申し訳ありません」

「そうかい。やっぱりねえ、達雄さんらしくないとは思っていたんだ。それにしても新聞なんていい加減なことを書くこともあるもんだねえ」

従兄弟はそう言って驚きもし、安心もしたようだった。それにしても毎日の記事は酷い。

成人式の時、公民館館長から成人代表の挨拶を頼まれ、「巻紙に書かないでノー原稿でいいなら」と引き受けて挨拶をしたことがある。翌日、地方紙「いはらき」にわたしの挨拶とは似ても似つかぬ記者の作文が載っていた。それ以来商業紙を疑ってかかることにしたが、今度の場合はあまりにも酷い。記者を問い詰めるとこう言った。

「教育長さんに訊いたら、『身体を突かれ痛いと思って振り返ったら奈良君が見えたような気がした』と言われたので……」

三メートルは離れた所に立っていただけで教育長の鎖骨を折る、そんなことが出来る筈がないではないか。しかも怪我をさせられたのはこちら側だ。

処分の撤回に加えて、教委交渉の真相を訴えなければならなくなった。

茨教組本部から宣伝カーが貸与され、県内各地から活動家が駆け付けてくれた。宣伝カーには支援してくれる母親たちが乗ってくれた。高校生の時、アカハタを買いに行って知り合った岡村恭子さんもその一人。母親たちの同乗の効果はローカル紙の記事になって現れた。処分の不当性を訴え撤回を求める署名は四千を超えた。

悲しきエイプリルフール

鎖骨二本を折られ重傷を負ったと報道されてしまった教育長側は、それを証明しなければと思ったのだろう。病院で撮った写真を公開した。だが、すでに報道の嘘を暴き、その意図の卑劣さを厳しく批判したビラが大量に配布され、宣伝カーによる訴えや署名運動によって市民の世論は決定的になっていた。

古河市内だけに読者を持つ或るローカル紙が骨折の写真を掲載し、事実を報道した。写真を見ると、看護師さんが教育長の上半身に包帯を巻いている姿が写っている。しかし、包帯は如何にも大袈裟に上半身一杯に巻かれているが、看護師さんはおかしくてたまらないという表情でにこにこ笑っている。とても心配そうな顔には見えない。

ローカル紙の一面見出しは、「悲しきエイプリルフール」とあった。たまたま撮影日が四月一日だったからだろう。勝負は明らかだった。

処分の不当性を認めさせる

わたしたちは処分の不当性を県人事委員会に訴えた。埒が明かないので水戸地裁に舞台を移して裁判闘争を続けた。

教育課程の改定を進めた文部大臣は教育行政の最高責任者であっても、当時現場教師の代表者としての日教組の意見や憲法二十六条で教育を受ける権利を保障されている父母の代表、例えば全国PTA連絡協議会などの意見も、この分野の専門家たる日本教育学会などの意見も聞かない一方的な改定で、手続き上の重大な欠陥を持っていた。

また、ILO（国際労働機関）とユネスコの合同委員会の「教師の地位に関する勧告案」においても、「教育団体は教育方針の決定にあずかり正式にその意見が反映する方途が講じられなければならない」とされた。これが教師の専門性からくる国際常識なのだ。わたしたちは自信を持ってたたかい続けた。

こうして七年間の長いたたかいによって、ついに一九六六年三月十三日、「この事件によって被処分者が受けた昇給の延伸を復元する」「被処分者の人事及び給与上において、この事件に起因する不利益な取り扱いをしない」という勝利的解決和解を勝ちとったのだった。

わたしの履歴書には、処分に関する記述の上に赤字で、

「処分ヲ受ケザリシモノト看做ス」

と書かれて返って来た。「処分ヲ受ケザリシモノト看做ス」——はて、何処かで見たような気がする。何処だったかなとしばらく考えてやっと思い当たった。宮本顕治公判記録にある復権証明書の記載だった。

好々爺のひとり

それより少し前の或る日曜日、好い天気だったので妻と幼い長男を連れて散歩に出かけた。万葉歌碑のある雀神社の脇から渡良瀬川《わたらせがわ》の堤防に上がった所で、思わぬ人に出会った。元教育長N氏だった。シルバーカー代わりに自転車を押していた。

「やぁ、奈良君、しばらくだねぇ」

と気軽に声をかけて来た。

「ああ、N先生、お久し振りです。お散歩ですか」

「うん。健康法でね」

「お元気で何よりです」

「いやぁ、君には随分勉強させてもらったよ」

結婚式場のことから人事問題、教育課程改悪反対のたたかい、「重傷でっち上げ事件」などを思い出して、苦笑いしながら、

「個人的な恨みは何もないんですけどねぇ」

と言うと、

「個人的にまで恨まれちゃ、たまったもんじゃないよ」

と言ったので大笑いになった。

「じゃあ、奈良君、元気でね」

「先生もお元気で」

握手を求めてきたので握り返した。自転車を覚束ない足取りで押して去って行く元教育長を見送って、わたしは感慨しきりだった。

思えばN元教育長は民主教育を進める上でも、教員仲間の生活や権利を守る上でも、私たちの要求に立ち塞がる当面の「敵」であった。彼をわたしたちの敵たらしめたのは、もっと上の大きな敵の存在に違いなかった。言ってみれば、彼は板挟みの状態の存在だったに過ぎなかったのだ。職責を離れれば、文字通り好々爺のひとりではないか。

そして彼が職責をまっとうする上で「敵」であったわたしに、笑顔で握手を求めて来たのだ。もちろん正当な要求での妥協は許されない。しかし、彼の立場を思いやる余裕があったかと言えばそうとは言えない。彼は職を退いた後とはいえ「君には随分勉強させられた」と敬意を示したのだ。

二十代の古い時代とはいえ、恥ずかしさを感じない訳にはいかなかった。

2 我が安保闘争

安保と湯たんぽ

地域で安保のことが話題になり始めたのは、安保改定阻止国民会議結成以後の一九五九年ごろのことだった。砂川事件や松川事件の無罪判決が相次いで、地域の民主勢力も遅ればせながら安保共闘を結成しようという動きが出てきた。

これより先、共産党の杉田要一市議が小池宗治郎市長に協力を申し入れに行ったら、

「アンポだか湯たんぽだか俺には分からん」

という答えが返ってきたという。小池市長は社会党それも右の方だと聞いていたが、人柄も良く伯父の自由造を通して母とも少し交流があったようで、わたしは好感を持っていた。安保と湯たんぽを並べたところなどは、市長一流のユーモアなのだろうと思った。

そのころ、「安保は重い」という言葉を何度も耳にした。小池市長にしてみれば、「地方交付

金を増やして欲しい」とか、「広域的に役立つ事業だから、国の補助を」といった問題なら関心を持つだろうが、国の防衛問題でのアメリカとの関わりなどは地方行政に関係ないと表面的にとらえたのだろう（実際には大いに関係するのだが）。

労働組合を回っても、「賃上げや労働条件の改善なら関心があるけど、安保はデカ過ぎて……」とか、「安保が俺たちの要求にどう繋がっているか分からない」といった答えが返ってきた。

小池市長が気楽に口にした「アンポと湯たんぽ」という言葉は、杉田市議が主宰する地方政治新聞「新民報」で厳しく批判された。しかし、取り合わせの面白さから、一種の流行語となって市民の間に広く独り歩きして行った。

「安保反対」の署名に回るとしばしばアンポと湯たんぽの話が出た。わたしはそれを逆手に取って、

「湯たんぽは体を温めてくれるけど、安保はアメリカの求めに応じて軍事費がどんどん増えるから、医療費や福祉は冷えこむんです。アンポは湯たんぽとは正反対なんです」

と話すと大笑いになって話が弾んだ。それにしても流行語の広がりの速さには驚かされた。

小池市長の冗談がもたらした、とんだ功罪のひと幕だった。

ジグザグデモ

地元でも、共産党、社会党、地区労を中心に「安保条約改定阻止古河市民会議」が結成された。茨教組古河支部は地区労に未加盟だったので、「古河教師の会」の名で加わった。

署名運動や東京に近い利を生かした国会請願行動などに積極的に参加した。野口徳さん、戸井たみ子さん、三浦園子さん、鈴木和子さん、南条英雄さんらと何度も上京した。数万から十万を超える大群衆の中では、仲間と散りじりになることもしばしばだった。安保闘争のデモは、ジグザグデモで激しいものだった。こんにちのデモのように乳母車に幼児を乗せた人や、杖を突いた高齢者でも参加出来るような配慮の行き届いた余裕のあるやさしいデモではなかった。気勢を上げる闘志剝き出しのデモだった。

激しくジグザグしながら、調子を合わせてスローガンを連呼する。「安保反対」と「岸を倒せ」であった。

日本共産党は日本国民の苦しみの根源を「アメリカ帝国主義と日本独占資本、二つの敵の支配にある」と分析し、「二つの敵に反対する民主主義革命」をめざすことを明らかにしていた。一方、「日本独占資本の支配」いわゆる一つの敵論に矮小化し「反独占社会主義革命」を旗印に掲げる勢力があった。当時、デモのシュプレヒコールの中で叫ばれた「岸を倒せ」は正しい側面を持つ一方、この勢力に乗せられていた側面があったように思う。「安保条約を廃棄しよう」「アイク訪日反対」がもっとあっても良かったのではないか。しかし運動の発展はそれを乗り越え、次第にアメリカ大使館に向かうようになっていった。

平和的で整然としたフランスデモ

一九五九年十一月二十七日、わたしは八万人余の請願団の中にいた。同行の仲間とはとうに散りじりになっていた。デモ隊の中では、当時トロツキストと呼ばれていた極左的な学生や、右翼暴力団、警察官の挑発に乗らないよう注意しようという申し合わせが繰り返しなされていた。突然、

「これからジグザグに移ります。スクラムを固くして

下さい」

と叫ぶハンドマイクの声。その途端、わたしとスクラムを組んでいた女性が、

「わたし、これイヤ。棄権する」

と言って隊列を離れた。その人の顔を見て驚いた。知らずに腕を組んでいたのは女優の岸輝子さんだった。「キシヲタオセ」をどんな思いで聞いたことだろう。忘れ難い思い出である。

自然成立の夜

一九六〇年六月十八日の夜、三十万人が国会を包囲していた。安保闘争は最も大きな盛り上がりを見せていた。

わたしは集めた限りの署名を共産党議員団に託し、三宅坂の現在国立劇場になっているあたりで、大群衆の一人として「安保改定阻止」を叫んでいた。

言うまでもなく条約の批准承認は、予算や一般の法律と違って参議院を通らなくても衆議院だけの可決で成立する。岸政権はそれを狙って参議院の審議にかけず自然成立を待つ作戦に出ていたのだった。

シュプレヒコールは大きな声を張り上げていたが、悔しさで地団駄を踏む思いだった。だ

国会を包囲した30万人のデモ隊

が、この歴史的な日にはっきりと意志を示しておきたいと思う気持ちは変わらなかった。

帰りの終列車に乗り遅れる訳にはいかない。明日は子どもたちのために、心の荒みを振り払って良い授業をしなければと言い聞かせていた。

頃合いを見計らい大群衆の中をくぐり抜け、国会議事堂前駅に向かった。宇都宮線の最終列車に間に合ってほっとした。電車が久喜駅に近付くころ、腕時計の針が刻々と零時に近付く。両針が遂に重なった。

「チクショウ！」

と心の中で叫んでいた。必ず廃棄してやるぞ。その夜は悔しくてなかなか寝付けなかった。

赤城宗徳氏の話

話は前後するが、一九七六年、わたしは衆議院茨城三区の候補者になり、選挙勝利のために全力を挙げて活動していた。当時は中選挙区制で、選挙区には農林水産大臣や防衛庁長官を務めた赤城宗徳氏がいた。顔中に絆創膏を貼って弁明した農林水産大臣の祖父にあたる人だ。

当時は立会演説会という制度があって、全立候補者の政見を聴くことが出来た。候補者控室ではたびたび赤城氏と一緒になり、演説の時間になるまで雑談を交わした。共通の知人の話などから次第に打ち解けていった。赤城さんの秘書が席を外した時、赤城さんに訊いた。

「六〇年安保の時、過激派の学生が国会に突入するなど混乱したことがありましたね。あの時、防衛庁長官でいらした赤城さんに自衛隊の出動要請はなかったんですか」

赤城さんは即座に言った。

「そりゃあったさ。だけど君、自衛隊だよ。警官とは違う。銃を国民に向けることになる。そんな要請は受け入れられないに決まってるじゃないか」

シビリアンコントロールが怪しくなっている今、きっぱり言い切ったことを懐かしく思い出している。

歌壇における反共論文批判

安保闘争から一気に三十六年も飛ぶが、このたたかいの本質を歪める反共論文が歌壇に現れた。その論文は角川書店発行の雑誌『短歌』(一九九六年四月号)に掲載された小池光氏(「短歌人」所属)の「安保闘争と歌人」と題するものである。

わたしは『新日本歌人』(二〇〇〇年七月号)に『六〇年安保』はどう闘われ、どう詠まれたか」という論文を発表し、小池氏の論文に反論した。以下、小池氏の論文とわたしの批判を紹介し、読者の検討に委ねたい。エッセイでなくなることをお許しいただきたい。

六〇年六月十五日、安保改定に反対する第二次の全国スト、十数万人の国会請願デモが整然と行われていた時、過激派学生に扇動された学生の一部が国会突入を図り、阻止する警官隊の凶暴な弾圧行為によって東大生樺美智子が殺された。論文は安保闘争史で広く知られたこの事件に関わるものである。

過激派学生集団は、彼らの仲間であった彼女の不幸な死を利用して、彼らの妄動を厳しく糺してきた日本共産党を誹謗した。彼らの挑発行動の持つ意味を正しく理解出来なかった一部の勢力、一部の文化人・知識人たちも彼女の死、彼らの行動を英雄的なものとして美化し、反共攻撃の理由としたのだった。

過激派学生の中に著名な歌人岸上大作がいた。歌壇誌に安保闘争論が登場したのはその存在との関わりであろう。よく知られた彼の作品を挙げておく。

装甲車踏みつけて越す足裏の清しき論理に息つめている

史上空前の大規模で整然たる行動の展開に、格好の弾圧の口実を与える妄動を「清しき論理」とする挑発者の歌である。結句に誤れる陶酔感はあるが確信は見られない。さて、装甲車とはこんなに小さかったかと揶揄されてもいる。

小池氏は、「六〇年安保がただの政治闘争でなく、『暗闇の祝祭』でありえたのは、死者が聖なる花束として祭壇に祭られたからであった。樺美智子が闘争のまっただ中で聖なる闘いのシンボルとして祭られたのと対照的に、岸上大作は闘争の熱気もすっかり冷えた寒い冬に安アパートでひっそり死んでいった。ふたつの死は、メダルの両面に刻印されて六〇年安保の神話をかたち作る」などと書いて挑発者を美化し、安保闘争の本質を歪めている。

氏はさらに、「六〇年安保闘争の本質は、どうも安保条約の改定そのものに反対しての闘争ではなかった。それは端的に反岸の闘争だった言うべきではないだろうか」と書き、次のように続ける。「反岸とは何か。あまりにも強引な高圧的政治手法への反感や憎悪ばかりではない。岸信介という政治家が体現するところのもの、開戦時の国務大臣、満州国の実質的支配者、A級戦犯であった彼に対して〈戦前的なるもの〉一切の象徴を見出し、これに戦後十五年の潜伏期間をおいて憤りと怨念が一気にほとばしったとわたしは理解する」。

氏が反岸をどう解説しようがかまわない。しかし、次のように続けるのは許せない。

「〈戦前的なるもの〉は軍部や支配層ばかりに留まるものではない。最も戦争に反対しそれゆえ投獄され転向しなかったマルクス主義者達も、またコインの裏側として〈戦前的なるもの〉に属する。安保闘争の高揚をもたらしたのは全学連だが、指導部は共産主義者同盟〈ブンド〉に属し、日本共産党と鋭く対立した。獄中十幾年ついに転向せず志節を曲げなかった道義性が共産党の神話と偶像を作り上げてきたが、全学連の学生たちにはもはや道義的権威は通じなかった。岸上大作たちが岸に反乱すると同時に〈党〉に反乱したのには理由があったのだ」

安保闘争の高揚の推進力は国民会議に結集した民主勢力であって、当時「全学連」を名乗っていた暴力集団ではない。小池氏は国会前の「激突」だけを高揚と見ているのだろう。暴力集団の行動は英雄的行為どころか、実は権力・反動勢力との緊密な連絡のもとに、裏から操られたものであった。

六三年二月二十六日に放送されたＴＢＳラジオの報道番組「ゆがんだ青春——全学連闘士

のその後」や、六〇年当時の「全学連」中執を名乗っていた東原吉伸らの手記によって、安保闘争当時全学連委員長を名乗っていた唐牛《かろうじ》健太郎らが右翼の田中清玄《せいげん》、警視総監、三井公安一課長らと謀り、資金の提供や戦術指導を受けていたことが明らかにされていた。また彼らが占拠していた学生室の黒板に「四機、山田隊長と連絡を取れ」と記された写真が公表され、第四機動隊と連絡を取り合う仲であったことが暴露されていた。小池氏は「第八次統一行動で、全学連が偶発的に国会に突入した」と見ていたように書いているが、偶発的どころか警察指導部と示し合わせて弾圧のきっかけを演出し、安保闘争の圧殺を狙う権力の筋書きそのものだったのである。

小池氏は、皮相にも岸信介と日本共産党を「コインの裏表」と揶揄したつもりのようだが、共通項どころか正反対の結果になったのである。安保闘争によって岸内閣は退陣に追いこまれた。しかし日本共産党は安保闘争を通じて、反帝反独占の民主主義革命の路線の正しさを不動の確信とし、綱領を確定、その後の前進の基礎を築いたのだった。

その後雑誌『短歌』(二〇〇〇年十月号)に座談会『新しい視点は歴史の中にあった』が掲載され小池氏の「反論」を読んだ。小池氏はわたしの論文「『六〇安保』はどう闘われ、どう詠まれたか」について、わたしが「暴力集団」「極左冒険主義者」などという言葉を使ったことを取り上げて、次のように発言している。

「結局、四十年前とまったく使っていることばが変わらない。ことばが変わらないということは考えが変わらないということで、この人にとって、この四十年は何も変わるものがなかった。それは一つの人間の信念だからとやかく言うことないけれど、一方、この四十年で世界は激変した。日本社会も大きく変わりまったく新しい時代に入っているんだけれど、そういうことが全然この人を通過していない」と言い、奈良は時代に取り残されているかのように述べている。

小池氏は激変の中身に触れていない。小池発言の趣旨から言えば、安保条約や安保廃棄についての私の信念に変化を生じさせる激変が国内外にあったかどうかの検討が論争のポイントとなろう。六〇年以降の世界の激動の中で、他ならぬ軍事同盟の解体こそが最も顕著なものの一つである。東南アジア条約機構は七七年に、中央条約機構は七九年に、ワルシャワ条約機構は九一年に解体された。九二年にはフィリピンの米軍基地が撤去され、九九年にはパナマ運河に対するアメリカの支配権が失われている。

こうした軍事同盟・軍事ブロックの解消はわたしの信念と関わりのない、誰も否定出来ない客観的事実である。わたしがかたくなに四十年態度を変えないのではなく、こうした動かし難い事実の上に立つからこそ安保を廃棄しなければという信念をますます強めているのである。

国内問題では、米軍基地をめぐる被害、海外派兵や軍備拡大の強要、原潜来港の危険、原子力協定に基づく原発被害、農産物の輸入自由化など、どれを見ても安保条約の廃棄、対等の日米関係の確立が求められるものばかりではないか。小池氏はさらにこう述べている。

「困るのはリアリズムという主張が、実はこういうところから接続して出てきちゃうんですよ。信念とは別に、ごく客観的に、そこに存在するものをニュートラルにしたり表現したりすることを、われわれは普通リアリズムということばで語るんだが、信念の世界とくっついてしまったリアリズムが、実はリアリズムの実体になっていて、そこに批評用語の逆転があるわけです。そういうことについて考えさせる文章だったという点で、批評者の意図とは違うけれど印象深かったのです」

結局小池氏は、わたしの挙げた事実には何一つ反論していない。わたしが挙げた具体例はわたしの信念とは無関係の客観的事実ばかりである。

わたしは「装甲車踏みつけて越す足裏の清しき論理に息つめている」を「挑発者の歌」と評した。「挑発——相手を刺激して事件などが起こるように仕掛けること」（広辞苑）。そのどこにも批評用語の逆転などないではないか。逆に小池氏が称える岡井隆氏の短歌を挙げる。

小男と赤旗に満ち巨いなるバス着けり月光革命前夜

胴ぶるいつつ待つバスよ鉛直に舌たれて犬ののめり込むあいだ

地方から、署名を集めて高額な運賃を払って駆け付けた人々を「小男」などと揶揄し、任務を果たし疲れた体で帰りのバスに乗りこむ人たちを「犬」と罵っている。

ゴキブリは畳を進む彼ら尚こころざす地を持てる羨しさ

請願行動に参加した人たちをゴキブリに見立てて嘲笑っている。小池氏はこれらの作品を、「六〇年安保への一つの短歌的挑戦」などと美化している。これがニュートラルと言うのか。これをリアリズムと言うのか。これこそ反共の信念とくっ付いてしまった批評用語の逆転ではないか。

新安保条約承認後、過激派学生や一部知識人の中には挫折感が広がった。しかし民主勢力は安保闘争に確信を深め、事あるごとに「安保のようにたたかおう」を合言葉にしてきた。六〇年安保闘争の最大の教訓は統一戦線の強化にある。この教訓は対米従属、国政の私物化、九条改憲を許さないたたかいに今こそ生かされなければならない。

3　青年部長のころ

長男のカタコト詩

勤務評定反対の統一行動が行われた翌日、一九六〇年九月十六日、長男を授かった。当時、民族民主統一戦線の強化が叫ばれていたことから「統一」と名付けた。著名な経済学者に名和統一という方がいらっしゃったので、特別変わった名でもないだろうと思ったが、妻の祖母からは「小さい時から『とうちゃん』と呼ばれるなんてかわいそうだ」とクレームが付いた。妻の実家で面倒を見てもらった時は呼びにくかったのだろう、「とっぺい」と呼ばれていたようだ。

妻が探して来てくれたN子さんというベビーシッターさん（当時はこんな呼び方はしなかったが）がとてもよく面倒を見てくれた。「カッチンカッチン時計ちゃん」と言って、時計を指すというように物と言葉を結び付けるようにしてくれた、これがこれから紹介する統一のカタコト詩に繋がったのではないかと思う。

一歳五か月のころ、N子さんが実家に連れていきたいと言い、翌日帰ってきた時のこと。妻

が「おねえちゃんのお家はどうだった？」と訊いたら、興奮した様子で、

こっこ　いっぱい
たんたん　いっぱい

と言った。鶏と卵の数に驚いたのだろう。それからカタコト詩を書き留めることにした。

なら　たちゅよ
なら　みちこ
なら　とういちゅ
なら　とけい
なら　ごはん

というものもある。家族の名の次に真っ先に時計を挙げているのは、明らかにN子さんの影響だろう。妻の実家に行く時、列車から利根川が見えた。その時、思わず叫んだのは、

ながい
おぶね

という言葉だった。「おぶ」は水の幼児語。坂東太郎と呼ばれる大河。しかしその大河を「長いおぶ」と捉えた人はいまい。

同じ列車ではなかったが、当時の古い車両は暑かったので日除けを降ろした。その時彼は、

おんもが
なくなっちゃった

と叫んだ。日除けを降ろしても外の景色が変わる筈がない。しかし彼の視界からは確かに「おんも」が「なくなっちゃった」のである。近所の自転車屋さんに「赤旗」の集金に行った時、

ちんちんが
おうちに
あんがしている

と、びっくりしたように叫んだ。彼の認識から言えば、自転車はすべからく外に置かれるものとされていたのだろう。しかし自転車屋さんの高い売り物は板の間に上げられていたのだ。

夕方の散歩で月が雲に覆われたのを見て、

のんのちゃんが
「いない　いない」
してる

と言ったこともある。工場の煙突を見た時には、

たかいエントツだね
あのうえにパパがのると
おそらにとどくかな

と叫んだものである。

いくつ挙げてもきりがないのでこのへんにするが、子どもの言葉を書き留め、詩の指導に役立てる上でこの経験が生きたことは間違いない。一年目の誕生日を記念して、ならというつ詩集『こっこいっぱい』が編まれた。

共産党の幹部を泊めて

市党の財政が貧しかったから、遊説に見える共産党幹部をホテルに宿泊していただくこと

が出来ず、頼まれて我が家にお泊めしたことがある。参議院議員選挙の候補者岩間正男さんと知事候補の沼田秀郷《ひでさと》さんのお二人だった。

お手伝いさんには私の実家にひと晩移ってもらわねばならない。電車で勤めに行く妻には、早起きしてもらわねばならず、いろいろ骨折りをかけた。統一は「いわまのおじちゃん」にすっかりなついたようだった。

翌朝、教員組合の大先輩である岩間さんに色紙をお願いした。岩間さんはフェルトペンを取ると、

みどり児がちから集めて一心にわが指にぎるその指力

という短歌を書いてくれた。厚くお礼を述べて色紙をいただいたが、わたしは、当時県北で活動されていた沼田さんが『美術論』という著書を持つ美術家であることをまったく知らなかった。沼田さんは謙虚な方で、「それならわたしも……」とおっしゃらなかった。後でそのことを知って、何と失礼なことをしたかと顔から火が出るような思いをした。この失礼を詫び、色紙にわたしの似顔絵を描いていただいたのはずっと後のことになる。

春日正一さんをお泊めしたこともある。この時は秘書の方とお二人だった。

妻が朝食の味噌汁に卵を落として出した。半熟卵である。お茶を入れ替える時、味噌汁に卵

が残っていたので、

「お口に合わなかったのでしょうか。ごめんなさい」

と言ったら、春日さんは、

「そうではないのです。わたしは獄中での生活が長かったので、美味しいものは一番後にゆっくり味わっていただく癖がついてしまったのです」

と言われた。この時のことを妻は、春日さんはじめ戦前の党幹部の方がどんなにかご苦労されたことを知って、涙をこらえられなかったと、今も語る。

わたしは『民主文学』（一九九六年四月号）に「伊藤貞助とリアリズム」という評論を書いた。茨城県出身の劇作家、長塚節のいとこという経歴に関心を持って調査・考察したものだった。わたしは特に日本共産党が旧ソ連の共産党の直接的干渉を受ける前、自主独立の立場を確立する前にもかかわらず、貞助が「社会主義（的）リアリズム」の主張に対し自主的な批判を展開していることに心を惹かれたのだった。

貞助の戦後の代表作「常磐炭田」の主人公新井克己のモデルこそ春日正一さんだったことを知ったのはこの時である。もっと早く知っていれば詳しい話が聴けたのにと残念でならなかった。

組合員の利益を守って

一九六二年、仲間に勧められて茨教組の青年部長に立候補した。青年部大会の代議員獲得のたたかいは熾烈《しれつ》を極めたが、幸い当選することが出来た。

他府県では青年部長を無条件で専従にするのだが、わたしが所謂「反主流派」とされていたから、専従にしてくれない。青年部大会で勝っても、全組合員での選挙となると、地教委や校長会が干渉してくる。所謂不当労働行為が行われるのだ。そんな中で何回も常任執行委員に立候補したが当選出来なかった。

専従でないから、常任執行委員会には子どもを自習にして出席するほかない。青年部長・副部長会議は日曜日に開いたり、夕方から持ったりしたが、水戸に一番遠いわたしだけ終電車に間に合わず、茨高教組の高橋清書記長のお宅に泊めてもらったこともあった。朝の早い始発で戻らないと一時間目の授業に間に合わないので、奥さんには随分ご迷惑をおかけした。

青年部長になってすぐ、サークルの会議で仲間から、総和の小堤小学校で教員に病人が出て、採用されたばかりの教師に二クラス一緒に受け持たせているという話を聞かされた。

翌日、時間休暇を取って自転車で小堤小へ向かった。校長は以前古河三小で教頭をしていたNさんだった。会うとすぐ、

「何だい、奈良君もよその学校のことに口出すくらい、偉くなったもんじゃないか」

と皮肉っぽく言ってきた。

「いや、偉くはなりません。でも茨教組の青年部長になったものですから、青年部員が困っているのを見過ごすことは出来ないのでお願いに来ました。新採の先生に二クラス一緒に受け持たせるのは止めて下さい。さしあたり明日は教頭先生に受け持ってもらって、明後日からは町教委に言って代わりの先生を採用してもらって下さい」

「何を言ってるんだ奈良君。そんな予算が何処にあるってんだ」

「予算はないかも知れません。長期病休の先生が出ることを予期していなかったでしょうから……。でも金はあります。町の予備費もあるでしょうし、なんなら教育長さんの交際費でも……。すぐに町の教育委員会と掛け合って下さい。子育てを終えていつでも教壇に復帰出来る先生がいらっしゃる筈ですから……。では今日はこれで失礼しますがどうぞよろしく」

と言って帰って来た。知らせてくれた仲間から、翌々日には補助教員の採用が決まり解決したとの連絡があった。

ほどなくして古河二小でも教員対抗のバレーボールの練習中（当時はそんな余裕があったのだ）アキレス腱を切った教員が出たとのこと。ＰＴＡの役員をしていた高校の同級生永島盛次君から電話があった。早速小堤小での経験を話したところ、運動を組織する名人である彼のこと、翌日には早速役員の同調者を募ったらしく補助教員が採用されたとのこと。茨城県にそれまでなかった病休補助教員採用を前例化させることに成功した。

茨教組古河支部の中でも養護教員部は、古河二小の和田ときさんを中心に纏まっていた。その和田さんを隣の五霞村に配転させようとする通告があった。五霞は今でこそ現代的な団地が出来て立派な町になったが、当時は公共交通機関もなく、少し前までは僻地手当が出ていた所。和田さんから相談を受けて人事権を委任してもらうことにした。三月もぎりぎりのころだった。早速市のN教育長に電話し、和田さんの五霞小への配転の断固拒否を通告した。

四月一日の新聞では「和田とき五霞小へ」と活字になってしまっていたが、教委の通告は取り消され、古河二小在任が認められた。

後で知って驚いたのは、小規模校の古河五小に初めて聞く名の養護教諭が配置されていたことである。おそらく有力者の後押しか働きかけがあって、古河二小への採用が決まっていた人だったのだろう。その人を今更不便な五霞小には回せない。それで古河五小への採用になったのではないか。

「小規模校にも養護教諭を配置せよ」と何度要求してもも応えてもらえなかったことが、思わぬかたちで実現した。不当配転を阻止すると定員増になる――それを実感することになった。

中島義夫さんのこと

人事権委任を受けて何人かの不当配転を阻止してきたものだから、いつの間にか「不当配転の通告を受けたら奈良に頼めば撤回させてもらえる」という噂が広がったらしい。

或る時、玉造町の中島義夫さんから電話があった。教育研究サークルの会合で一度遇ったような気がするという程度の関係だった。話を聞くと勤務校や隣接校の教師たちでようやく教研サークルが出来かかっている時、不当な配転通告が来たとのこと。早速人事権を委任してもらった。

鹿島の教育事務所の所長に電話することにした。当時私用の電話をする時には。相手の番号を電話局に告げて記録してもらい、後から電話料を聞き事務職員に払う仕組みになっていた。

校長席の前にある受話器を取り、

「記録願います。相手は鹿島の教育事務所です。はい、そうです」

と言って受話器を置き連絡を待った。W校長は怪訝な顔で訊いた。

「鹿島の教育事務所に何の用だね?」

「友人から頼まれて、不当な配転を止めてもらおうと思いまして……」

ベルが鳴って受話器を取ると、交換手のお話し下さいの声で通話を始めた。

「教育事務所長さんですか。わたしは茨教組の青年部長奈良達雄と申します。玉造町の中島義夫先生から人事権を委任されました。中島先生の配転のお話はきっぱりお断りしますので、その旨お伝えします。後ほど文書の写しをお送りします」

返事がないので、

「確かにお伝えしました。失礼します」

と電話を切った。局から料金の知らせを聞き、それを書きこむノートに記入した。校長は複雑な表情を見せたが何とも言わなかった。

教育事務所長の権限をもってすれば、わたしの申し入れなど簡単に蹴ることが出来る筈。そのころ流行していた言葉に「最高裁までたたかいます」というのがあったが、おそらく最高裁でも相手が勝つことになるだろう。だが、長い裁判闘争に付き合わせられるのは御免だという心理が働くのだろう。

翌日、中島さんから電話が来た。

「所長から『話はなかったことにしてくれ』とのことでした。ありがとうございました」

4　「笠間方式」と青年部長再選

意識の違い

夏休みや冬休みを利用して、茨城県民間教育研究サークル連絡協議会主催の教育研究会が盛んに行われた。研究会には県内各地から数十名の教師たちが参加するのが通例となっていた。来賓として招いた茨教組のO委員長はよく集まるねえと感心していた。茨教組執行委員会の集まりの悪さと比較していたのだろう。わたしも支部の書記長や青年部長として執行委員を務めたが、集まりの悪いことに強い不満と批判を持っていた。O委員長ら執行部は集まりが悪いので、執行委員会を午後からの開催とし、会議を泊まりこみにして夕食に酒を呑ませることにした。すると執行委員の中には呑める夜だけ参加し、翌朝早く帰る者が出るなどで執行委員会が成立しないこともあった。

O委員長は、わたしに何故サークル協が盛会なのか訊いてきたことがある。わたしはこう答えた。

「良い教育をしたい、サークル協で学びたいと真剣に考えている教師たちだから、旅費も宿泊費も自分持ち、年休を取っても来るんですよ。サークル協の研究会はその要求に立派に応えています。ところで執行委員会の方はどうですか。真面目に茨教組を強くしたいと考えている人を、選挙で落とすためにだけ立候補する人が多いでしょう。真面目に頑張っている人を当選させている支部は本当に少ない。執行部は執行委員の意識を高める努力が足りないんじゃないですか。酒を呑ませれば集まりが良くなるなんて考えるのは大間違いですよ」

笠間方式

茨城県高等学校教職員組合青年部の部長は海野幹雄氏だった。海野さんは後に茨高教組の委員長になり、その後日本共産党の参議院茨城選挙区の候補者として奮闘し、党県副委員長を務めた人である。

我が茨教組青年部との連携が強まるのは当然で、しばしば学習会を共催した。また前述の通り茨城県民間教育研究サークル連絡協議会主催の研究会も両青年部の後援で開いたものである。どちらもO委員長を羨ませがらせる盛会だった。

県のほぼ中央にあって日本三大稲荷の一つ、笠間稲荷が鎮座する笠間市には信者や観光客のための大きなホテルがある。大勢の参加者があっても困ることはない。

わたしたち党グループは、参加者の中の先進的な教師たちに入党を訴える格好の機会とした。泊まり込みの日程はたいへん都合が良かった。

合同の研究会には矢川徳光、五十嵐顕、川崎巳三郎氏ら第一級の講師を招いて講演会を開き、その後の討論で最大限の盛り上げを図る。夜の日程を早く切り上げて、あらじめ決めてあった対象者に、これも決めてあった担当者が入党の説得にあたるのである。ひと晩でふた桁の入党申し込み者があったことは一再ならずあった。

ホテルの至る所で熱心な説得が行われる。これも事の内容から自ずとひそひそ声になる。異様な光景だったかも知れない。深夜トイレに向かわれた五十嵐顕さんが翌日冗談交じりに

「わたしも入党攻勢をかけられるのかと思いましたよ」

と言われたものだった。

いつしかこの党勢拡大行動は「笠間方式」と呼ばれるようになった。日本共産党の理論政治誌『前衛』(一九六〇年九月号)には、「党勢拡大の現状と問題点」と題する茨城県委員会の論文が掲載され、そこに「笠間方式」について次のように記されている。

△△方式

この方法は△△市における労働組合の研究集会の際の入党工作のやり方を定式化したものである。この際党グループは集団討議の結果、入党工作対象のリストをつくり、工作担当者をきめ、工作指導部をつくって、統一ある方針で入党工作をおこない、いっきょに○○名の入党者を獲得しました。そのうえこの入党者をふくめた全党員の奮闘によって、集会の空気を盛り上げ、安保と合理化と勤評との関係を全員に明らかにし、組合内活動家の意思と行動を安保に集中することに成果をあげ、この工作に参加した党員の入党工作におけるセクトを克服し、発展の可能性をあくまでくみつくす作風を身につけ党勢拡大の運動化に大きく役立ちました。

センテンスの長い、やや過大と思われる評価はさておき、この論文は後のたたかいに複雑な対応を強いるものとなった。論文の筆者（複数と思われる）の手落ちか、『前衛』編集部の校正ミスか、一か所だけ、「△△方式」が「笠間方式」とそのまま記されていたのだった。

筒抜けの情報

笠間方式の成果もあって、茨教組の中での日本共産党の影響力は次第に拡がっていった。所謂「主流派」（校長派と呼ぶ人もいた）が、青年部大会の対策を練るフラクション会議に、それと知らずにこちらの仲間を呼んでしまうというひと幕があった。何食わぬ顔で出席した仲間によって彼らの対策なるものが筒抜けになったのである。

彼らの会議は興奮で沸き返ったという。それというのも、誰かが本屋で読んだのか、それとも権力筋からの情報か、『前衛』の論文に「笠間方式」の語が載っていたことを知ったことによる。「青年部組織を党利党略に利用している。日共の党勢拡大のために学習会を開いていた。そう攻撃すれば反共意識の強い代議員を味方に付けることが出来、部長選挙に勝てる」と意気ごんでいたらしい。わたしたちは党員を増やすことは取りも直さず茨教組を強くすることだと考えていたから何の矛盾もなかった。

この報告を受けて対策を練った。

職場での要求実現の成果、優れた教育実践、父母との提携など、討論で反共攻撃を粉砕することにした。

かちえた支部推薦

青年部の役員選挙に立候補する上で、支部青年部の推薦は必ずしも必要ではなかったが、青年部大会での選挙にあたってやはり地元支部青年部の推薦があった方が良いのは当然である。最初の立候補の際はすんなり決まったが、今回は古河支部青年部から校長派のA氏が副部長に立候補したのだった。もちろんその筋からの依頼によるものだったろう。

支部青年部の態度がどうなるか分からない。各分会から選ばれた青年部委員の顔ぶれの中にどんな部員か分からない人もいた。それらの人の中には、校長から「Aを推せ、奈良を推すな」と厳しく言われて来た人もいるに違いない。

支部青年部の委員会では当然、青年部大会のことが議題となり、候補者の推薦をめぐって討議が行われた。討議は、他の支部からの立候補者についてはよく分からないので、古河支部から立つわたしとAさんの推薦について討議することになった。

三小分会から出ているわたしを目の前にしての討議である。当然微妙な空気が流れた。

「わたしはA先生のお人柄をよく存じ上げていますから、A先生を推薦します」

「わたしもA先生を推薦します。理由はやはりお人柄を尊敬しているからです」

Aさんと同じ分会の部員からA氏推薦の発言が相次いだ。

この時、一小分会の鈴木和子さんが発言した。

「青年部のためにお役に立ちたいと古河支部青年部からお二人の先生が立候補されるなんて素晴らしいことじゃありませんか。どうせならお二人とも推薦するのがいいんじゃないですか」

鈴木さんの節度ある提案にほっとした空気が流れた。立場の違う二人の推薦が決まった。こうして先ず足元を固めることが出来た。

青年部長再選を果たす

青年部大会当日が来た。

青年部長のわたしは活動の経過報告と運動方針の提案を丁寧に行い、笠間での学習会が青年部員の意識向上に大いに役立ったことを強調した。

討論に入ると一斉に手が挙がった。校長派の組合員の指名を求める声は異常なほど高い。自信に満ちた顔、薄笑いを含む顔も見える。

指名された代議員はこもごも優れた活動を運動方針に噛み合わせながら発言した。産休の完全実施や、校長交渉で理由を書かずに年次有給休暇を取れるようにした報告、父母との提携やPTAの民主化についての発言、子どもを生き生きとさせる教育実践など、感動的な発言が続いた。議場はしばしば熱い拍手に包まれた。

後で聞いた話だが、このころ水戸のホテルに各地の校長会の会長が集まって、青年部大会の対策会議を持っていたという。各支部から選出された代議員の名簿を見て、色分けをしていたらしい。また定数以下の代議員しか送っていない支部の校長に電話をかけ、朝から急遽代議員を送るよう出席をうながしていたとのことだった。文字通り不当労働行為そのものではないか。

しかし、こちらも影の執行部が同じように代議員を定数いっぱい送れずにいる支部の良心的な教師に電話を入れ、急いで水戸に来て支部青年部長に代議員として認めるよう要請してくれと訴えていた。代議員獲得は鎬《しのぎ》を削っていたのだった。

相次ぐ優れた実践的な発言に、校長派は次第に色を失い、手を下ろしていった。そして遂に、「笠間方式」を利用しての反共発言をすることが出来なくなっていった。

こうしてわたしは仲間たちの奮闘によって、岡田美穂、神林昇、佐藤千枝子の副部長三氏とともに再選を果たした。

5 子育ての苦労、ワクチン騒動

保育園のカギっ子

長男の統一が四歳になって隆岩寺が経営する田町保育園に入ることになった。わたしは保育園に長男を送り届けてから、育児園に長女をお願いして通勤することになった。

交通指導で早く出勤しなければならなかった朝、保育園に着くと、まだ保母さんが来ていなかった。学校に着けるぎりぎりの時間まで待ったが保母さんの姿が見えない。あいにく土砂降りの雨である。子どもを軒下に置いていくしかない。

「もうすぐ先生が来るからね。ここで待っててね。パパは急いで学校へ行かなくちゃならないから……。大丈夫だよね」

統一は素直に頷いたが不安の色は隠せない。

「じゃあね。先生来るまで待てるよね」

そう言ってペダルを踏んだ。後ろ髪を引かれるとはこういうことか、そう思った。

と、「パパーっ」。後ろから呼ばれたような気がした。幻聴だったかも知れない。自転車を止めて後ろを振り返ったら、泣きながら駆け出して来るだろう。心を鬼にして育児園に急いだ。

家でのカギっ子は、保育園でもカギっ子だったのである。思えば本当に「子不幸」な親であった。
八年後、統一が中学生になった時、「地中海」という短歌結社に属していた妻は、いろいろな苦労を負わせたがよくぞここまで成長してくれた、という思いがあったのだろう、次の一首を物した。

白蓮の匂える庭にすくと立つ　背高き吾子は詰襟の服

「アカハタ」に投稿すると言うので、それならばと、わたしも初めての思いを短歌の形にし、「アカハタ」文芸欄に投稿した。

土砂降りの園舎の軒にただ一人置かれし朝もありカギっ子育つ

なんとこれが碓田のぼる氏の選で最下位で掲載された。短歌との付き合いの始まりだった。

育児園逃亡記

長男統一の面倒をよく見てくれたN子さんとの約束の期限が来てお別れすることになった。妻は実家に働きに来ていた人の縁をたどって、山形県の鮭川村から新しいベビーシッターをお願いした。いろいろ苦労をかけるので、夜は歌声の若い仲間たちと交流出来るようにした。幸い統一もよくなつきひと安心とほっとしていたところが、新しいベビーシッターの持病が悪化して実家に帰らなければならなくなった。

その後三歳年下の長女を授かった。「真実を貫いて生きることこそ美しい」という意味で、真美子と名付けた。

そのころ、児童文化会の先輩茂呂清一さんの奥さんが始めたばかりの橘育児園にお世話になることになり、自転車の前に長女を、後ろに長男を乗せて送り迎えをした。育児園はその後、ひまわり幼稚園として大きな発展を遂げるが、橘育児園は茂呂さんの長女・長男を含め、子ども六人の小さなスタートだった。

小さな子ばかりでつまらなかったのか、統一が茂呂さんに黙って園を抜け出し、祖父母のところへ駆けこむ事件が起きた。何かあった時には、学校かわたしの実家に連絡して欲しいと電話番号を届けてあったので、いなくなったことが分かった時点で実家に電話があったらしい。

夕方帰宅する前に寄ると、母が涙を流しながら、

「お前は何て可哀そうなことをするんだ」

と抗議して来た。

「驚かせてごめんなさい。育児園に馴染んでくれているように思っていたんだけれど……。黙

って抜け出したのはいけないことだから、それはきちんと諭します。でも迷わず、おじいちゃん、おばあちゃんの家へ来られたのだから、成長を認めてやって下さい」

わたしはそう言ったが、とうてい母には分かってもらえなかった。

「ハト組」騒動

統一が五歳、年長組になった或る日、出がけに少し熱を出したらしい。保育園に行きたくないと言う。顔も少し赤らんでいた。このまま一人寝かせておくのは心配だし、医者に連れて行くとなると出勤が遅れるので、その時間帯にどんな自習をさせておくか、連絡を取らねばならない。

仕方なく、真美子を育児園に連れて行った後学校へ急ぎ、保健室に寝かせておくことにした。あいにく養護教諭のTさんがまだ出勤していなかったので、よくなるまでおとなしく寝ているよう言い聞かせて教室に向かった。Tさんの出勤時を見計らってあらためて頼みに行くつもりだったが、登校して来る子どもたちに声をかけているうちに保健室に行くのが遅れてしまった。

そうこうするうちにTさんが出勤して来てベッドに寝ている子どもがいるのに気付いたが、

小さい一年生だと思ったのだろう。容態によっては担任に連絡する必要があると思ったに違いない。

「ぼくは何組？」

と子どもに声をかけると、「ハトぐみ」という答えが返って来たものだからTさんはびっくり。取りあえず保健室に近い教室の先生たちに訊き回ったらしい。誰に訊いても分からない。大騒ぎしているところへわたしが飛びこんだかたちになった。

「びっくりさせてごめんなさい。うちの息子です。健康がすぐれなかったものですから、連れて来て寝かせておいたのです。すぐお願いに来るつもりが遅くなってごめんなさい」

平謝りに謝って、様子を見てもらうことにした。幸い回復したので時間休暇を取り、一緒に帰ることが出来たが、子どもにも養護教諭のTさんにも本当にすまないことだった。

超長時間保育

三歳になった長女真美子をゆりかご幼稚園にお願いすることにした。経営者と主任のT先生ご夫妻のお子さんを担任したこともあり、長時間保育も無理を承知で了解していただいた。長男は一人で保育園に通うようになり、ゆりかご幼稚園は勤務校に近く、保護者会や園の運動会なども三小学区の知り合いが多いので万事好都合と思っていた。

しかし後で気付いたことだが、真美子が第二小学校に入学する時、友達は近所の子だけ、幼稚園の友達は殆どが三小に入ることになり、園の仲良しの子とは別れ別れになる。入学直後、学校や学級に馴染む上でのハンデになることなど思いも及ばないことだった。後で一年生を受け持った時、気付かされたことだった。

それはともかく、長時間保育が常態化していった。特に勤評闘争の時期になると、組合の討議が長引いた。それでなくとも日が短くなる九月、他の学校での会議から子どもを迎えに駆け付けるころには、あたりが真っ暗になる。

或る時、追われるように園に駆け付けると、園舎には灯りが無い。先生たちも勤務を終えて帰宅したのだろう。隣のT先生の私宅に声をかけたがご夫妻の姿も見えない。どうしたことだろう。わたしはすっかり焦っていた。

「T先生、遅くなってすみません。奈良です」

と大声をあげた。

真美子はT先生のお母さんの部屋にいた。園舎から一番遠いおばあちゃんの部屋にいたのだ。T先生のお母さんはにこにこしながら、

「奈良先生、お迎えご苦労さま。真美子ちゃんはお利口にしてましたよ」

真美子は泣かずに一人きりでこのひどい父親を待っていてくれたのだった。

園バスに揺られて

ゆりかご幼稚園はだんだん大きくなって、古河市内だけでなく、埼玉県の北川辺村（現加須《かぞ》市）の方まで園バスを走らせるようになっていた。

退園の時間が来ると、北川辺に帰る園児を乗せて園バスが出て行く。途中通り道になる古河市内の園児は一緒に乗って行って、家の近くで降ろしてもらうことになる。

或る日、少し遅くなって園に真美子を迎えに行ったら、

「きょうはようちえんのバスで、きたかわべのおともだちのおうちのほうまでまわってきたの」

と言う。初めは呑み込めなかったが、事情は察しがついた。

わたしの迎えが遅くなるだろうことを察して、娘の面倒を見る先生を一人残さなければならない。先生たちの都合で割り振りが難しかったのだろう。園バスに乗せてしまえば娘が一人になることはない。

一人ずつ降りて行くたびに友達が減っていく。乗っているバスで家に帰る訳でもない。長い

行程、帰りは一人だけ。にこにこしながら話してくれたけれど、さぞ心細い思いをしたのではなかろうか。詫びても詫びきれない思いが残る。

最近、「保育園落ちた」が流行語になるなど、待機児童の問題が深刻化している。預ける先の遠いなど言っていられない。長時間保育なども難しいところも沢山あるだろう。半世紀以上経っても問題は解決しない。子どもに犠牲を強いた一人として、政治の貧困への怒りは増すばかりである。

ワクチン服用の同意書をめぐって

毎年三月は異動の時期である。そんな決まりがどこまで守られたか知らないが、「同一地教委六年以内」ということが言われ、配転の基準とされていたようだ。その基準で不当配転を迫られる教師にとって、「三小の奈良先生は同じ学校に十五年もいて動かないじゃありませんか」という訳で、言わば防波堤の役割を担っているような立場だった。そんな訳で仕えた校長も六代目を数えるようになっていた。

或る日の職員会議で、S校長が、

「市内の児童たちにチフスの予防ワクチンを服用させることになりました。ついては、父母から服用についての承諾書を書いてもらいたいので、これから配布するプリントを児童に持たせて下さい」

と言った。わたしは疑問に思って発言を求めた。

「ワクチンの服用に何故父母の同意書が必要なのですか」

「保健所と教育委員会からそう言って来ているので、よろしくお願いします」

「おかしいですね。そのワクチンが何の副作用もなく、チフスの予防に効くというなら取り立てて父母の同意を得る必要はないはずじゃありませんか。このワクチン投与は、全国一斉に行われるものですか」

「それは分かりません。訊いておきましょう」

「古河の小中学校で一斉に実施されるんですか」

「一小から順に行うと聞いています」

「なぜ一斉にしないのか疑問に思います。同意を求めるプリントの配布は考えさせて下さい」

その日の討議はそこまでだった。

深まる疑問

わたしは大学の同級生に栃木県内で同じ問題が出ているか訊いた。サークルの仲間に茨城県内の他の市町村で問題になったこと、現に問題になっているかどうか訊ねた。何処にもそんな話は出ていないことが分かった。

そこで共産党本部に電話し、信頼出来る民主的な医師を紹介してもらい電話をかけて見解を訊いた。残念ながら五十年程も前のことでその医師の名を思い出せないが、次のような回答だった。

「チフスのワクチンは医学の進んだドイツでもまだ作られていない。チフスの蔓延を防ぐには鼠の駆除が有効とされている」

とのことだった。鼠の駆除で思い出したのは、落語の「藪入り」。先代の金馬の十八番だ。藪入りで帰って来た息子が風呂に行った時、財布の中を見てあまりの大金に驚く。まさか悪いことにでも手を染めたのではないかと、風呂から戻って来た息子を問い詰めると、鼠を沢山捕まえた報奨金と分かり安堵するところがある。

横道にそれたが、わたしは党の教員支部で問題を提起し、情報の収集を呼びかけた。一小に転勤していた大島いつさんから翌日、ひと足早く行った承諾書の回収で、親が医師をしている家庭と、薬剤師をしている家庭では全員拒否してきたとの情報がもたらされた。

翌日の職員会議でのわたしの発言に緊張が走った。

「一小では、医師と薬剤師の親は全員ワクチンの投与の承諾書を拒否したそうです。これは何を意味するのでしょうか。専門家から見れば今回の子どもたちへのチフスのワクチン投与は、安全性に大きな疑問があるということではないでしょうか。わたしは県内各地の教員仲間、野木町や小山市の同級生にも訊いてみましたが、何処にもこの話は出ていません。いや、古河市内でも全小学校、全中学校で一斉にやる訳でない。これは事故が大量に発生したら社会問題になるからではないでしょうか。あえて言えば、何処かの大きな製薬会社が古河市内の子どもを使って安全性を試そうとする、大量の人体実験をしようとしているのではないかと疑いたくなります。わたしは、わたしを信頼して託して下さっている父母のみなさんを裏切ることは出来ません。したがって、ワクチン服用への承諾書を求めるプリントは配布出来ません」

やや興奮気味に発言したかなと思い、平静を保とうとしていた。沈黙が続く。賛意も反論もない。しばらくしてS校長は言った。

「奈良先生、プリント配布は職務命令とします」

普段物静かなS校長が昂ぶって言ったので、わたしは逆に平静さを取り戻した。

「職務命令ですか。わたしは勿論拒否したい思いです。でも職務命令に従わない者が出ると、校長先生が監督不行き届きで処分を受けることになるでしょう。それではお気の毒ですから従うことにします。その代わり、わたしはわたしの見解を書いた文書を一緒に持たせることにします」

とだけ言った。同僚たちは緊迫感の流れる中、沈黙を守っていた。

あっけない幕切れ

わたしはクラスの父母向けに学級だよりの特集号を出した。

「教育委員会の指示で、チフスの予防ワクチンを服用させることになりましたが、服用にあたって医療事故にならないとも限らないと考えてか、父母のみなさんの同意をお願いするとのことです。チフスの予防ワクチンは、医療の先進国ドイツでもまだ開発されていないといいます。チフスを防ぐには、ネズミを駆除するのが一番とされているそうです。

第一小学校での回答ではお医者さん、薬剤師さんのご一家ではすべて断ったとのことです。ご家庭で相談されて、服用を望むか、服用を断るかご返事下さい」

ざっとこんな趣旨の学級だよりを子どもたちに持たせた。

大騒ぎのわりには幕切れはあっけないものだった。第一小学校では第一日の投与だけで下痢、吐き気、腹痛を訴えて欠席する子、保健室で治療を受ける子、早帰りする子が続出。二回目、三回目を取り止めたという。他の学校での投与も勿論中止になった。その後の職員会議で、校長はこの問題にひと言も触れなかった。いきり立った校長が気の毒で、わたしもただ黙っていた。後で聞いたら、拒否した家庭が最も多かったのは我が第三小学校とのことだった。

今にして思えば、恐らく何処かの製薬独占企業の仕業だったと思われるワクチン投与騒ぎを、日本共産党の国会議員団に報告し調査を依頼して非人道的な行為を厳しく罰するべきだった。モルモット扱いされて健康を害した一小の児童たちに賠償金・見舞金を支払わせるべきだった。政治家をめざす前の出来事とは言え、残念でならない。薬害事件が起こるたびに思い出すことである。

家庭文集「あゆみ」のこと

一九七〇年、長男の十歳の誕生日に家庭文集「あゆみ」一号を発行した。前書きを読み返すと、学級文集「とっとのいえ」で全国に知られた先輩教師中村和江さん一家に学んで、子どもたちの成長を記録として残したい、また日頃お世話になっている教師仲間に一家の近況をお知らせする意味でお送りしたいという趣旨が記されている。わたしの数少ない子孝行の一つである。

わたしが衆議院議員選挙の候補者活動で多忙になったため、「あゆみ」は四号で終わってしまったが、子どもたちはそれぞれ貴重な成長の記録を残している。

長女は一年生の時にサンケイホールに影絵劇「ふたごの星」（原作・宮沢賢治、影絵・藤城清治、作曲・いずみたく、声の出演・宮城まり子、東野英治郎）を観に行ったことや、母親の二面性を書いた「せいたかどうじとこんからどうじ」など、たくさんの作品を書いているが、何と言っても力作は、三年生の時スケートで骨折し、入院生活を綴った「つらかった三か月」だ。病院での生活ぶり、入院中に接した看護師、同室の患者さん、見舞いに来てくれた担任の先生、近所やクラスの友達との交流などを生き生きと書いている。感心したのは、自分が大変なのに、トイレが近い友達の面倒を副班長の男の子に手紙で頼んでいたことだ。入院生活は大きな精神的成長をもたらしたようである。

退院が決まって同室の患者さん、長女が「木本のおじちゃん」と呼んでいた木本さん夫妻と別れることになった日のことを引いてみる。

　わたしは、おじさんにわるいと思いました。でもそれもしかたがありません。たい院する日、おじさんは病室から手をふってくれました。おばさんは、わざわざわたしの　のっている車のそばまで来ておくってくれました。なみだを流して、ハンカチでふきながら手をふって、

「真美ちゃん、バイバイ」

といいました。わたしは、

「さようなら」

といいました。たい院しても、おじさんや、おばさんのことはぜったいわすれないと思いました。

前列左・筆者、右・長女真美子
後列左・長男統一、右・妻三千子

このくだり、退屈な入院生活の中での木本さんご夫妻と長女の、年齢を超えた交流の深さを思ったことである。活字にしておいて本当に良かったと思う。

長男は大阪万博を観に行った時、泊めてもらった弟の家で、久し振りに会った従兄弟たちのことを書いた「ぼくの小さいいとこたち」、家の建て直しの時、お世話になった若林さんの長男秀男さんとの交流を書いた「ぼくの兄き分」など、おもしろい作品があるが、中学校生活を書いた「『十円玉先生』とぼくたち」を紹介しておく。

入学して間もない五月の初旬、友だちとも仲良くなり、先生とも言葉をかわすようになったころ、ぼくたちのクラスには、あだ名をつけることがはやった。（中略）

まず最初の「犠牲者」は、担任の萩野先生だ。

「おい、先輩の話によると、萩野の奥さんの名前は、千代子だってよ」

「それじゃ、チョコレートってのはどうだ」

「うん、でも、らっきょうってのがどうだ。顔の形がそっくりだから……」

結局それからあと、みんなは先生をチヨコと呼ぶようになってしまった。例えば、萩野先生は美術の担当なので、連絡係が明日の予定を発表する時、わざと、

「明日の美術はチヨコく刀を持ってきてください」

などといったりする。

萩野先生は、とても生徒から好かれている。なぜか判らないが、先生は、他の先生方にない魅力を持っている。第一、生徒の扱い方がちがう。ちょうど漱石の「坊ちゃん」のような

性質の先生だ。（中略）廊下などでも、ぼくたちと一緒に肩を組んで大笑いしながら歩く。普通の先生の場合、ぼくたちは軽く会釈して、静かに追い越して行かねばならないのに……。生徒の中にとけこんで一緒に進む。そんなところが、萩野先生の魅力なのだろうか。

或る日、ひとりの友達が、教室に駆け込んできた。

「萩野の車に、折りたたみの乳母車がのってるぞ」

さて、それからが大変なさわぎになった。先生は二十二歳だなんていっていたし、奥さんがいることだってみんなに話さなかったのだから……。（中略）

心臓の強い奴が、

「先生、あの車にのせてあった乳母車、誰のだい」

といった。

「なに」

と聞き返すのと、みんなのさわぐのと同時にぶつかった。そのあとはもう、先生の怒号、みんなのわめき、奇声……、手を叩く者もいれば、椅子を鳴らす者もいる。大そうどうになった。先生は真っ赤になって大笑い、まったくぼくたちのクラスは、愉快なクラスである。

今、クラスの話題のマトになっているのは萩野先生のひげである。萩野先生は、あごひげを五センチくらいのばしている。友だちのひとりが、

「先生。どうしてひげをのばしているんですか」

とたずねたところ、思いがけない返事がかえってきた。

「一億円札にのるためよ」

そういえば、一万円札の聖徳太子、千円札の伊藤博文、百円札の板垣退助など、みんなひげをのばしている。だから、自分も、新しく発行されるであろう一億円札にのるためにひげをのばしている――こうなのである。みんなはこの突拍子もない返事に、一瞬沈黙し、次の瞬間、今までなかったような大笑いをしたのである。

そんなことがあってから、誰となく「萩野は十円玉にのる」といわれるようになった。「十円玉先生」とぼくたちは、今日も愉快に勉強をしている。


というものだ。生意気盛り、先生をからかって得意になっている。こんな時代を過ごした思い出を持つ生徒は幸せだ。今こんな教師はなかなか見当たらない。萩野画伯はこの地方での有名人になっている。

「あゆみ」には妻も「古河の四季・人物寸描」「万葉のふるさとを訪ねて」などを書き、私も「郷土玩具のこと」「暮れの寄席」や古河労音の学習会での講演「落語を語る」などを書いた。

6　教壇との別れ

障がい児学級を担任して

二十一年の教師生活のうち最後の三年間は障がい児学級を担任した。明確な目標を持って希望した訳ではない。校長の選任に従っただけである。障がい児学級は三年生から下の低学年のクラスと、四年生から上の高学年のクラスと二つあり、わたしは高学年のクラスを受け持つことになった。この学校で障がい児学級が設けられたのは三年前からだった。

教室に入って目に付いたのは教材の入った立派なセットを収めた戸棚だった。有名な教材メーカーU社のもの。中を開けてみると、いくら何でも幼稚なものばかり。おそらく文部省の基準を通って備え付けることが義務付けられているのだろう。全国の教室となると莫大な量となるに違いない。多額のリベートが生まれているのではないか。如何にもちゃんと揃えてありますというように置かれていた。

前担任から引き継いだ児童は六年生の男子二人、五年生の男女一人ずつ、新たに加わった四年生の男女一人ずつの計六名だった。

学力を調べてみると想像以上に低かった。障がい児というより学力不振児といった感じである。例えば、五年生の男子は繰り下がりのある引き算が出来ない。六年生の男子は二年生の教科書に出て来る漢字が読めなかった。けれどもそこは少人数。一人ひとりに丁寧に指導することが出来る。

或る日、四年生の女の子の母親が教室に来て、

「四年生になったらトクシュに入れられたってベソかいていたんですが、勉強が分かるようになった、面白くなったって喜んで帰って来るんです。先生のおかげです。お礼に伺いました」

と言う。当時は如何にも差別的な「特殊学級」という呼び名だったのだ。わずかな期間だったが、学力に合った指導の効果は明らかだった。少人数学級が教師たちや先進的な父母の強い要求になり始めているのは当然だと思った。

加点は自分が決める

理解が進むと意欲が増す。授業のたびにそれを実感した。五年生の男の子は足の指まで使っ

て遂に繰り下がりのある引き算をものにした。

「俺は繰り下がりのある引き算が出来るようになったぞ」

その男の子は椅子の上に乗って大声で叫んだ。大変な喜びようだった。この子たちはテストで百点を取ったことがない。わたしはその喜びを味わわせたいと思った。

「今日の漢字テスト、百点を取った人はチャンピオンと呼ぶことにします。チャンピオン、オリンピックなら金メダルだ。頑張れよ」

と言ったが、予想通り誰も反応しない。

「どうした、みんな。チャンピオンになりたくないか」

と言うと、

「どうせ俺は百点なんか取れねえもん」

「今日は先生がみんなの取ったテストの点数をおまけしてあげる。テストで六十点取れると思ったら『四十点下さい』、八十点取れると思ったら『二十点下さい』と言って下さい」

ようやく呑みこんだらしく、それぞれ加点を申告させた。テストの結果を採点して返すと大騒ぎになった。

「やったあ、俺、五十点取ったから、五十点のおまけと合わせて百点だ」

「わたしのテストは六十点、二十点おまけだから足りないや。四十点おまけと言っておけば良かったな」

「俺はテスト四十点だけどおまけは七十点と言っておいたら百点こえちゃった。先生、俺チャンピオンですよね」

「七十点おまけなんてずるいよね、先生」

「じゃあ、今度はおまけを減らすよ」

こうしてお互い同士で競わせるのでなく、自分とのたたかいに気付かせていった。わたしは学習意欲を引き出したこの実践をまとめ、二十年ぶりに日教組の和歌山教研に県代表として参加した。

最近東京医大で女子の合格者を減らすために男子の点数に下駄を履かせていたことが判明して問題になった。わたしはそのニュースに障がい児学級での実践を思い出した。入試のアドバンテージは採点者が決めてはいけないのだ。

克服した「同一行動論」

茨教組が賃上げの闘争に本気でストライキを構えたのは、一九六五年からだった。この年五月に日教組の二十八回定期大会が水戸で開かれたこともあって、一定の高揚感があったことは確かだろう。

ストライキを打てない原因として、人事院勧告依存意識から脱却出来ないことや、スト権奪還という権利闘争の意識の弱さなどが挙げられていたが、わたしに言わせればそれはきれいごと、はっきり言えば「統一行動」の名で「同一行動」を強いることにあったと思う。ストの意義を主張すると、

「要求を実現するために、何より大切なのは組合の団結だ。一致出来ない方針では団結が乱れる。みんなが揃って行動出来る方針を打ち出すべきだ」

と、如何にもたたかう意志があるように見せかけて、結局当局にとって痛くも痒くもない時間外集会に落ち着かせるのだ。

そんな時、或る組合幹部から次のような話を聞いた。

「職員会議でストのことが話し合われる、活動家がストの意義を強調する、その時賛成意見を述べることが出來る人は続いて発言する。それが出来なければ終わった時拍手をする、拍手することに抵抗がある人は発言にいちいち頷いて聞く、これだって校長には圧力になるんだ。校長が反論に立って、熱弁を振るいかけた時、事務机の上の灰皿をわざと落として大きな音をさせ、『あっ、すみません』と大きな声を出して話の腰を折る……」

統一行動とは一致した目標でそれぞれ出来る行動を取ること、目標の統一であって行動は

自主的に決める、分かり易い話だった。

わたしは決意を固めた。みんなで支援する態度を明らかにした上で、打てる者がストに入る、これだと思った。

初めてのストライキ

県教組古河支部委員会は討議の結果、スト前日の日曜日に全員集会を開き、賃上げで要求の決議を挙げること、出席率を上げるために会場は映画館とし、映画を鑑賞すること、映画は「教え子を再び戦場に送るな」の意思を固めるために「海軍特別年少兵」とすることを決めた。わたしは「スト突入を決めている組合員に決意表明をする機会を与えること」を求め、承認された。賃上げは組合員全員の正当な要求であり、そのための意思表示であるうえに、ストは県教組執行委員会の指示でもあったから、支部執行部も反対出来なかったのである。

海軍特別年少兵と言えば、親友野口徳さんの前歴であった。野口さんは、駆逐艦「酒匂」の乗組員だった。年配の方なら誰でもご存知だが、戦艦は「武蔵」など国の名前、巡洋艦は「赤城」など山の名前、駆逐艦は川の名前を付けた。

十五歳で出征した野口さんは、休暇の日だぶだぶの軍服で街を歩いていると、「あなたほんとに兵隊さんなの？」と訊かれたという。敗戦後のことだが、襷にかけた海軍旗を見せてもらったことがある。そこには、「祝出征」の文字とともに、わたしもよく知る恩師たちの名がずらりと並んでいた。文字通り教え子を戦場に送ったのである。

スト突入を決意したのは、わたしのほか二小の戸井たみ子さん、一小の鈴木和子さん、一中の三浦園子さん、校長の強い干渉を蹴って決めた一中の江森信市さんの五人だった。

数は少なかったが、決意表明は温かい拍手に包まれた。わたしはストの政治的、経済的意義とともに、支部組合員の支持があったからこそ決意出来たことを強調した。

翌日、出勤時間に遅れて校門に入ると、教室の窓から身を乗り出して手を振ってくれる女教師が二人いた。教室に入ると教務主任が、

「やあご苦労さん」

と迎えてくれた。

県教委はスト突入者全員に戒告の処分を下した。

或る日、M校長がわたしを校長室に呼んだ。

「ご承知の通り県の教育委員会から、ストに突入された先生に戒告の処分が下されました。奈良先生が先生たちの強い要望の実現を願って行動されたことをわたしはよく分かっているつもりです。熟慮を重ねての行動をどうしてわたしが止めることが出来るでしょう。今後とも熟

慮に熟慮を重ねて行動されるようお願いします。これを以て戒告ということにします」
わたしはM校長の人柄の大きさにあっけに取られたまま校長室を出た。

Ⅳ章 バッジのない国会議員

――党専従者への道

1　党専従者への道

教職を退く

日本共産党から党の専従活動家になって欲しいと要請を受けたのは、教師生活二十一年目が終わろうとしていた四十一歳の時であった。

望んでなった教師の仕事を断つ踏ん切りはなかなかつかなかった。悩みに悩んだわたしは、長野に移っていた入党推薦者の羽田野忠雄さんに電話して意見を聴いた。

「奈良君はこれまで教壇から子どもを教育してきたわけだが、今度は県民の啓蒙に当たるより大きな教壇に立つ。そう考えればいいんじゃないか」

羽多野さんはそう言った。

正直言って当時のわたしは、党専従者の給与規程を知らなかった。まして時には遅配になることなどは。勤務時間などという概念は無い。任務の遂行上いつでも応える必要が生じるということも、それが妻や子どもたちとの関係にどう影響してくるかについても、明確なイメージを持てないままであった。

それがわたしにとってどんなに厳しいものであったかは、専従活動家の先輩たちに日々教えられることになるのだが、それは先のこと。「よく決意してくれた」「党専従者としての活動に期待している」という仲間の激励にしっかり応えていかねば、という気持ちにかられていたことは確かである。

退職届を内ポケットに入れて出勤した時、子どもたちは、

「先生、来年もボクたちのこと教えてくれるんでしょ」

「修学旅行は何処へ行くの。ボクは小山遊園地がいいな」

何にも知らないで言い寄ってくる子どもたち、わたしは頭を撫でてやることしか出来なかった。

教師生活最後の日、わたしは毎年そうしてきたように教壇を綺麗に拭いた。

より大き教壇に立てとう人のあり今日を限りの小さきを拭く

その時詠んだ一首である。

退任の挨拶まわり

教職を退いて日本共産党の専従・茨城県西部地区常任委員になった。ほどなくして衆議院議員選挙茨城三区の予定候補となったわたしは、折をみては退任の挨拶を兼ねて古河第三小学校の学区内の各家庭を訪問した。

二十年ぶりに成長した教え子に会って、懐かしい思い出話に花を咲かせたこともある。標札を確認して、暴れん坊だった教え子がどんな顔をして出てくるかと思ったら、担任した年度の違う教え子の女性が出て来た。わたしが戸惑った表情を見せたら、恥ずかしそうに、

「実は去年結婚したんです。今呼んで来ますから……」

生活相談や教育相談になることもあった。党の理念や政策を話して支持を訴え、『赤旗』や『女性もひろば』の購読を勧めた。反応は当然様々で、いっぱしの反共をぶつ教え子も入れば、母親が『赤旗』を持って来て、「兄が横浜でこれをやっていますから」と、にこにこしながら支持を約束してくれた例もある。嬉しかったのは入党していた教え子と感激の握手を交わしたことだった。相談が長くなって定例の常任委員会に遅刻してしまったこともある。

候補者になれても常任活動家の活動にはなかなか慣れなかったが、この訪問活動は後の知事

選、参院補選に少なからず役立つこととなる。

平湯夫人からの手紙と「生活綴り方の三達」

雑誌『母と子』を編集・発行されていた教育評論家の平湯一仁さんが亡くなられたので、奥さんにお悔やみとお世話になったお礼の手紙を書いたところ、思いがけず返事をいただいた。「平湯は本当に貴方を頼りにしていました。貴方が専従になられると聞いた時、『党の専従になる人は他にあるだろうに、奈良さんには教師を続けて欲しかった』と言っていました」とあった。思えば、『母と子』には平湯さんからの依頼や、読者からの質問の答えるかたちで、「入学前にこれだけは」「このごろの子どもと親孝行」「子どもの告げ口について」「夏休みのしめくくり」「学級ボスにいじめられる子」「朝の動作のにぶい子」などなどたくさんの文章を書いてきた。

党専従への道を決めた時、「これまでの活動経験を生かして頑張って……」とか、「うちの文部にも来て……」という手紙や電話をもらったが、教師としてのわたしを評価して下さった方があったことに複雑な思いがあった。

時間的には大分飛ぶが、党県副委員長を最後に二十二年にわたる党専従の任務を終えて、党県文化後援会の代表世話人の一人になった。当時、中央の文化後援会の代表は児童文学者の大塚達男さんだった。大塚さんは以前から生活綴り方運動に関わり、日本作文の会でも活躍されていた。文化後援会の全国交流会で久し振りにお目にかかった時、思わぬ話を聞いた。教職にあるうちから県の党役員になり、作文の会に出られなくなっていたころ、会の中で大塚さんと、特に詩の指導で有名な柳内達雄さんとわたしを「生活綴り方の三達」と呼んでいたというのだ。たまたま名前が同じだという偶然からの呼び名だが、わたしにとってはたいへん名誉なことであった。

2　多くの人々の支援を受けて

我らこそ将門の後裔《こうえい》

衆院選立候補をめぐって、或いは候補者活動の中で党機関と取り組んだイメージアップの

ロッキード疑獄糾弾、生活擁護のデモの先頭に立つ筆者

苦心について書いておくことにする。

丁度NHKが大河ドラマ「風と雲と虹と」で平将門を取り上げ、加藤剛さんの熱演が話題になっていた。将門の活躍の舞台は当時の岩井市、石下町、千代川村、筑波町、石岡市など、すべてが我が茨城三区の中である。

「天慶《てんぎょう》の乱《らん》」で腐敗政治とたたかった将門になぞらえて、元衆議院議員の池田峰雄さんが、「金権腐敗政治に挑む『現代の将門』奈良達雄さん」というキャッチフレーズを作り候補者パンフに使うことにした。茨城三区内の全地方議員の顔写真を載せ、「われらこそ将門の後裔！」と書いて奮起を促した。

折しもロッキード事件で田中角栄総理が罪に問われる中だったので評判を呼んだ。加藤剛さんが撮影のために岩井市を訪れた時、一緒に写真に収まってイメージアップに使おうとしたが、遊説の日程の都合でほんの少し遅れてお会いすることが出来なかった。

後に党中央の計らいで派遣された歴史学者松本新八郎氏を案内して、マイクロバスで同氏の説明を受けながら将門に関する史跡巡りをしたこともある。

どこでどう伝わったか知らないが、「奈良さんが将門の子孫って本当なんですか」と訊かれたこともある。残念ながら「現代の将門」は幾たびも金権腐敗政治に挑んだが、遂に討ち果たすことが出来ないまま後輩にバトンを渡す結果になった。

短歌を生かして

党専従になる少し前から短歌の勉強を始めたので、これを候補者宣伝に使おうということになった。そこでわずかな作品しかないが歌集を作ることにした。薄い、粗末な歌集とも言えないものだったが、碓田のぼるさんに序文を、長塚節研究者で「常総文学」の主宰である永藤純一さんに跋文を書いていただいた。また赤木健介さんに「奈良達雄さんの歌人像」という一文を書いていただいた。先輩のみなさんのご援助にはただただ感謝である。

幸い歌集『隊伍』はたくさん普及され、評判になった。あちこちで色紙を頼まれた。こんな歌集とも言えないものにかかわらず、選対は出版記念会なるものを開いてくれ、候補者宣伝に役立ててくれた。歌人でもあり詩人でもある児童文化会の先輩立石和正さんから温かいスピーチをいただいた。

驚いたのは郵便局長のIさんが出席されたこと。Iさんは当時逓信大臣だった丹羽喬四郎代議士（厚生大臣を務めた丹羽雄哉氏の父）の古河市後援会長だったと思う。スピーチで丹羽氏は、

「わたしは人も知る丹羽派の人間ですが、定員五人のこの三区で、共産党の奈良さんが当選されることに何の違和感もありません。古河市のためにも是非頑張って欲しい。短歌を読んで奈良さんの人柄がよく分かりました。わたしは丹羽に入れるけれど、別な形で応援したいと思っています」

と挨拶された。ありがたいことだった。

多彩な推薦者

候補者パンフレットには、「奈良達雄さんの活躍を期待します」として百名を超す方々のお名前が並んだ。

古河市在住者では、古河市を代表する文化・知識人のお名前がある。名誉市民の音楽家中野篤親氏や書家で文化協会の理事長を務められた立石光司氏、早大教授大槻義彦氏らだ。文化運動のつながりである。

生活綴り方関係では、直接ご指導いただいた日本作文の会の今井誉次郎氏、児童文学者で茨城出身の来栖良夫氏の推薦をいただいた。

その他の著名人では、元玉里村村議の滝平一郎氏の関係でわたしも大ファンの切り絵画家滝平二郎氏、中央に提出した書類に趣味・落語鑑賞と書いただけだったが、大好きな林家正蔵（後の彦六）師匠の推薦をいただけたのはありがたかった。

話題になったのは古河市屈指の大地主瀬島徳太郎氏のこと。誰が見ても共産党候補を推薦するとは思えない。察するにお子さんが生まれる時、母が取り上げたことが縁で母との交流が生まれたこと、三小学区なのでわたしのことも耳に入っていたらしい。肩書はいくつもあろうが、所属団体のことを配慮してか、古河市東本町三丁目としか書いてなかった。

早合点した人が何人か瀬島さん宅に、

「奈良がこともあろうに瀬島さんのお名前を使っています」

と電話でご注進に及んだらしい。

「『わしが個人的に応援を決めたんだ。とやかく言われる筋合いはない』と言ってやったよ」

と瀬島さんは豪快に笑っていた。

大勢の多彩な方々に力添えをいただきながら当選出来なかったことは本当に申し訳ない気持ちである。

池内淳子さんとの対談

イメージアップを図るには、全国的に有名な人との対談が望ましいとの話になった。誰かいないか、多くの人が知っていて、ある程度共産党にも理解がある人で、快く応じてくれそうな人、探すとなるとなかなか見当たらなかった。

そんなところへ吉報が届いた。岩井市の共産党後援会長Iさんから、女優の池内淳子はわたしの姪だが、当たってみようとの話が来た。

わたしとしては、穏やかじゃないよ、こっちは池内さんの映画もドラマも観ていないんだから話題がない、話が繋げられない、勘弁してくれという思いだった。

「いい相手じゃないか。話題なんか出たとこ勝負で何とでもなるさ」

そんなことで、覚悟を決めて交渉の結果を待つことになった。叔父さんの言うことなら断れないだろう、と言う話も出た。しかし、所属事務所の答えはＮＯだった。

「一生懸命頼んだよ。候補者のイメージアップに繋がるんだからって……」

Ｉさんはそう言っていたが、「でも、こちらはイメージダウンになりますから」と言われたとか、言われなかったとか。

結局対談相手は地元古河市出身の推理作家小林久三氏ということになった。小林さんは赤旗にも小説を書いていたくらいだからすぐ応じてくれた。

自転車泥棒の話

「自転車泥棒」と言っても、イタリア映画の名監督の作品の話ではない。

立候補を決意して初めて古河市の演説会を開いた後のことだった。近所の自転車店に「赤旗」の集金に行った時、店主が紙代を渡しながら言った。

「奈良さん、最近自転車を盗まれませんでしたか」

「いや、いつも庭に鍵をかけずに停めておくけど、盗難に遭ったことはないね」

と答えてから気になって、

「どうしてそんなことを訊くの?」

と逆に訊いた。すると彼は小さな声で、

「実は警察の方から問い合わせがあったものですから」

との答え。ぴんと来るものがあって、

「警察からの問い合わせというのは『これこれの観察番号の自転車が盗まれたという届け出があったが、持ち主は誰か』と訊いてきたということ?」

「そうです」

「おかしいと思いませんか。わたしの自転車は盗まれていない。届け出なんか出していない。仮に自転車を盗まれた人が届け出るとしたら、観察番号だけでなく住所氏名を真っ先に言うはずでしょう。盗まれた自転車の観察番号を届けに来た人が名前を言わないで帰るわけないじゃありませんか。今度同じようなことを警察が訊いてきたら、なぜその時、届けに来た人の住所氏名を訊かなかったのですかと尋ねて下さい。自転車店に訊くのは筋違いですと、きっぱり言ってやって下さい」

そう言うと、

「分かりました。わたしもおかしいと思ったんですよ」

と言った。

翌日しだらたみ子さん（旧姓戸井、市議）と会議で一緒になった時、彼女が言った。

「この間おかしなことがあったの。近所の自転車店の前を通ったら呼び止められて、しだらさん、最近自転車を盗まれませんでしたかと訊かれたの。盗まれなんかしないよと言ったけど、気持ち悪くてね」

「しだらさんもそう訊かれたの？　それ警察の仕業と関係があるんだよ。この間公民館で演説会をやったでしょう。警察がそれを張っていたんだね。そこでわたしとしだらさんの自転車の鑑札番号をメモした。それで持ち主、つまり演説会参加者を調べようとして自転車店に問い合わせたって訳」

「警察は卑怯な手を使うね」

「奴等一生懸命に見張ったつもりだが、候補者と応援弁士の出席を確認したということ。二人の名前はポスターに大きく書いてあるのにさ」

と言ったら大笑いになった。

しかし笑い事では済まされない。当日は公民館のほかの部屋では、将棋の会や俳句の会なども開かれていたのだ。それらの参加者と演説会参加者の車や自転車の区別はつかない。

合法政党の演説会に参加する人が権力にマークされる。たまたまほかの会合に出席していてもチェックされかねない。集会の自由が公然と侵されているのだ。わたしは改めて容易ならざる決意を迫られているのだと思った。

3 「バッジのない国会議員」と言われて

県民とともに要求実現の先頭に

衆院選六回、参院選二回、県知事選二回、計十回の選挙をたたかい、何度か法定次点になったが、当選することが出来なかった。しかし県民の要求に基づき、県民とともにたたかい、実績を積み重ねて「バッジのない国会議員」と呼ばれてきた。そのうち話として面白いものを挙げておこう。

岩井市の落合修平市議からの連絡で、同市の中小企業の労働者から訴えがあり、賃金の未払いが続いて困っているとのこと。わたしは、

「都合で明後日になりますが、会社側と交渉しましょう。そう社長に連絡しておいて下さい」

と電話を切った。

約束の日に落合さんと会社に向かう途中、話のあった会社に向かう労働者たちに遇った。みんなにこにこしている。未払いになっていた賃金が出たというのだ。わたしは拍子抜けの思いがしたが、日本共産党の看板の力を実感したのだった。

石下町の西山家具の倒産の時、暴力団が入って来て、「不用になった木材を安く売れ」と言って来たと、軽部博町議から連絡があった。暴力団に安く買い叩かれるよりも、然るべき価格で売却し、長く工場を支えてきた労働者に少しでも多くの退職手当を出すよう、社長と交渉しようということになった。西山家具の工場には暴力団が先に来ていた。雪駄《せった》を履いた親分らしいのが何かの箱に座り、煙管《きせる》をくわえて睨んできた。前を通るのは気持ちのいいものではない。しかし暴力に訴えてくれば、こちらの勝ちと決めて通り過ぎた。社長はわれわれの主張に同意し話は纏まった。暴力団の干渉を許さなかったのである。

農業県茨城のこと、様々な農業問題に取り組んだ。最も多かったのは雹害《ひょうがい》や干ばつ、低温や長雨の被害への対応で、その都度県の対策本部や農地部長交渉で、数千万の営農資金を引き出したり、災害融資の活用、水道料や税金の引き下げ、種子代や倉敷料への助成を実現させてきた。杜撰な土地改良事業をやり直させたり、工期の遅れによる稲作被害に補償させたりしてきた。思い出に強く残っているのは、猿島《さしま》町釜口での産業廃棄物処理場設置を止めさせ、営農環境を守ったたたかいだ。農民の強い反対に対し、自民党県議が請願を握りつぶし、「反対運動を抑えるのは赤児の手をひねるようなもの」と豪語し、買収と暴力団の脅しで強行されようとしていた。

わたしは現地からの要請を受け、地元住民や科学者とともに実態を調査し、三度にわたる対県交渉で県が許可した処理場の計画が廃棄物の不法投棄を合法化するに過ぎないことを、数々の資料を突きつけて許可を撤回させた。

先祖の位牌が向きを変える話

岩井市の鈴木宏昌さんからの訴えは怪談じみていた。誰もさわらないのに夜中に仏壇の位牌が後ろ向きになる、そんな日は娘さんが倒れるというのだ。落合市議と伺って話を聴くことにした。行ってみると、近くにレンゴー製紙利根川工場がある。その騒音に関係があるのではないかと思った。ところが騒音はないという。しかし不気味な振動があるという。このわずかな振動が娘さんの健康をむしばんだり、位牌の向きを変えさせたりしているのではないか。

科学者の援助を得て、この弊害は製紙工場の「聞こえぬ騒音」低周波によるものではないか、低周波の反応は人によって違い、具合が悪くなる人もあれば何でもない人もあるという。鈴木さんの家族の反応もまちまちだった。

わたしは落合市議と鈴木さんと環境庁に交渉に行った。低周波対策に対応する担当はなく、大気原子力課が対応したが、低周波のことは知らなかった。わたしは速かに対応の窓口を設けることと、効果ある対策を講ずるよう強く求めた。この交渉が後に低周波公害の対策を環境庁に最初に持ち込んだのだと知った。レンゴーには低周波を少なくする対策を求め一応の決着をみた。

その後低周波問題は、阪神高速道路の建設の際に大きな問題となり、沓脱《くつぬぎ》タケ子議員が国会で取り上げたことを覚えている。

缶ジュース自販機の押し付けを撥ね返す

弁護士さんと一緒に定期的に生活相談を開いてきた。

或る時、地元古河市のTさんから、「缶ジュースの自販機を売り付けられて困っています。助けて下さい」という相談を受けた。

「試しに置かせて下さいと言われて置かせたのです。翌日見てみると、お金が沢山入っているんです。翌日も翌々日も沢山入っているので、黙っていてこんなにお金が取れるなら元金はすぐに取り返せると思ったのが間違いの元でした。六十万円の代金を払ってしまったんです。払ってしまった翌日からは、お金は殆ど入っていない。騙されたんです。悔しくて悔しくて……」と泣き出す始末。

わたしは商工委員の安田純治衆議院議員（日本共産党・革新共同）に援助を求め、売り付けた業者の名前を告げて返事を待った。一時間も経たないうちに折り返しの電話があった。

「その業者は自販機販売の許可を取っていない業者だと分かりました。代金を被害者に送るように指示しました」

あっけなく片が付いたのには驚いた。

この話には後日談がある。衆院選の候補者会議で安田さんに会った時、改めてお礼を述べたら、こう訊かれた。

「ところで奈良さん、お宅は茨城のどちらですか?」

「県の西の端の古河という所です」

「えーっ、古河ですか。古河に鍛冶町の踏切というのがありますがご存知ですか」

「鍛冶町の踏切に一番近い所に実家があるんですよ。踏切に何か?」

「思い出があるんですよ。わたしは岡郷の飛行場で幼年飛行兵の訓練を受けていたんです。休暇の日、古河の街へ遊びに行って、行く所もないまま鍛冶町の踏切の所で汽車を見ては、あれに乗って行けば福島に帰れるんだななどと思っていたんです。訓練が辛くて、鍛冶町の踏切に来るといつもそんなことを考えていました」

安田さんは苦笑いしながら、それでも懐かしそうに話してくれた。わたしは、もしかして純治少年を見かけたかもしれないと思った。

「開かずの踏切」に関わって

踏切に関連した話をもう一つ。鍛冶町の踏切は駅に近く、古河駅で貨車を切り離したり、その先へ行く貨車を繋いだりする作業（連結と呼ばれていた）に時間がかかり、所謂「開かずの踏切」と言われる状況が常態化していた。トラック輸送が今程多くなく、貨車による物資の輸送が大きな割合を占めていたころである。

蕎麦屋さんの出前や、急病人を病院に運ぶ場合などに限らず、日常生活に様々な支障が出ていた。市民の中に開かずの踏切解消を求める声が高まり、東北線の高架化の話が持ち上がった。

国鉄当局は、茨城県と古河市に莫大な地元負担を要求してきた。わたしは運輸委員の中島

武敏衆議院議員に同行を依頼して、国鉄本社に交渉に行った。国鉄側は、

「何分経営が苦しいので、ご了解をいただきたいのです。地元のみなさんの便宜を図る計画ですから……」

と言う。わたしは、何を言うかという思いだった。

「わたしたち古河市民は、踏切を渡るから列車を止めてくれ、連結を止めてくれと言ったことは一度もないんですよ。国鉄の都合だけで踏切を閉めているんです。市民は長い間協力してきたのです。市民の便宜を図る計画だから、高い地元負担を呑んでくれというのは筋が通りません。対策を取るのはあなた方の責任なんですよ」

何日か経って県当局から返事が来た。こまかい数字は忘れたが、古河市の負担は一億数千万円減ることになった。

この話にも後日談がある。竹橋事件の会の皆さんがマイクロバスで古河に見えた時、わたしも同乗して、事件の殉難兵士・門井《かどい》藤七《とうしち》の子孫の家と藤七の墓を訪ねた。

帰り道、鉄道高架の下を通る時にこの話をすると、こう言った方がおられた。

「中島武敏さんは俺の仲人なんです。茨城でも実績を挙げていたなんてちっとも知らなかった。嬉しい話だ」

中島さんの大活躍から見たら取るに足らないことだったに違いない。

「玉掛け」講習をめぐって

県西の或る工場で労働災害が起きた。聞くと玉掛けの免許を持たない労働者に、この仕事をさせたことによるという。

わたしはすぐ労働基準監督署に抗議に行き、免許を持たない労働者に作業させた経営者を厳しく罰するとともに、玉掛けの技術の講習の実施を迫った。署長の返答は捗々《はかばか》しいものとは言えなかった。

それからしばらくして、党県委員会で国に対する要望を纏め、各省庁交渉を行うことになったので、労働基準監督署にも要望を訊くことにした。奥の部屋に通されると、署長の椅子の後ろに日程を書いた黒板があった。見ると、「玉掛け講習」「玉掛け講習」と一週間くらいの日程が取ってあるではないか。

わたしは笑いを噛み殺した。あの時の捗々しくない返事とは裏腹に、わたしの要求通り玉掛け講習は連日行われていたのだった。しかしわたしは今以て玉掛けなる作業がどんなものか知らない。

鷹見泉石《たかみせんせき》の資料と歴史博物館

最初の衆院選で二万を超えるご支持をいただいたせいか、逆井督市長から都市計画審議委員と市民憲章制定委員の任命を受けた。都市計画審議委員の方は市会議員と連携し、協議しながら務めた。市民憲章制定委員の方は人権擁護など積極的なテーマを盛り込むよう努めた。

小倉利三郎市長の代になってもわたしに対する姿勢は変わらず、総合計画審議委員に任命された。論議になったのは渡良瀬遊水地周辺の開発問題だった。広い国有地なので戦後アメリカ軍の基地（物資投下訓練所）にする計画が持ち上がった。この計画に反対する四県共闘が組織され、高校生時代に加わった思い出がある。

わたしは、明治時代の足尾銅山鉱毒事件で廃村に追い込まれた旧谷中村の遺跡を残し、歴史研究や田中正造顕彰運動に活用を図ること、豊かな自然を残し、サイクリングやテニスなど、軽スポーツの施設を整えることを主張した。隣接する市や町でも同様な意見が強かったらしく、ほぼ要求通り進められた。

もう一つわたしが要求したのは、鷹見泉石関係の資料の保存を鷹見家だけに負わせるべきでない、古河市が歴史博物館を建設し、鷹見家の協力を得て貴重な資料を誰もが見られるようにすべきだ、ということである。

黒船来航の折、尊王攘夷か不平等条約受け入れかで国論が二分された時、対等の開港を主張した泉石の建白書「愚意摘要」はじめ、大黒屋光太夫やジョン萬次郎らとの交流を示す資料など、貴重なものに接することが出来ないでいるのだ。

わたしの意見に真っ先に賛成してくれたのは、谷中村村長の子孫の茂呂委員だった。

「奈良委員の提案に賛成です。歴史博物館には併せて田中正造はじめ、古河地方での自由民権運動に関わった人たちや、その業績についても分かるようなコーナーも設けて欲しいと思います」

鷹見泉石

ありがたい発言だった。わたし一人の提案だったら取り上げられなかったかも知れない。こうして全員一致で「歴史博物館の建設を求める建議」が可決された。鷹見家からの協力も得られた。貴重な、重要文化財に指定されてもおかしくない資料、完璧に保管するのは大変な苦労があったことだろう。古河歴史博物館は泉石ばかりでなく、蘭医・河口信任《かわぐちしんにん》や絵師・河鍋暁斎《かわなべきょうさい》の資料など、近郷にない充実した博物館として高い評価を得ている。わたしの秘かな誇りでもある。

4 候補者としての活動

遊説の道

党専従となってほどなく、衆議院議員選挙茨城三区の候補者となったわたしの主要任務は、宣伝カーによる政策や理念の訴えと、入党・赤旗購読の勧誘であった。様々な思い出をその時々に残した歌とともに振り返ることにする。

議席なお遠しといえど決意また新たなる朝鬼怒越えて行く
われを待ちて集う灯遠く交じるべし霧深き夜の筑波を越える

美しい流れの鬼怒川も『万葉集』に沢山詠われた筑波山もわたしの戦場であった。二首目は短歌フォーラム社刊の『現代歌人茨城風土記』の解説に取り上げられた歌である。

父の行けぬ参観の日を耐える子と励まし合い雪の遊説に立つ

教壇にあった時は、

「父親参観日は一年に何度もないのだから、なるべく来ていただけるように、お父さんによくお願いしてね」

などと言ってきたのに、遊説の日程は受け入れ態勢も含めて既に決められていた。

「行けなくてごめんね。しっかりやってね」

「来れなくても平気。パパも頑張って」

と言ってくれた娘がありがたかった。

ガーゼにわずかルージュの残るマイク執る連帯はほのかな温みとなして

この歌を発表して以来、三区内各地のうぐいすさんから、

「あの歌、わたしのことでしょう?」

「いつの間にか奈良さんに詠われちゃった」

などと言われて返事に困ったことがある。力を入れてアナウンスすると、ついマイクに唇

が触れてしまうらしい。

兄と最後の別れとなりし地に立てば不覚にも反戦の叫びが詰まる

大田郷の飛行場跡は、とうに小さな団地になっていた。わたしは、兄との最後の別れとなった思い出と、兄が白木の箱となって還って来た時の母の気丈さ、一転遺影に号泣した様子を述べ、反戦の訴えを結ぼうとして絶句してしまった。ようやく言葉を整えて演説を終わり、車中に入ると、

「奈良さん、朝からわたしを泣かさないで……」

うぐいすさんからの優しい抗議、見ると車長も運転手も涙を拭いていた。

遊説の日程は現地の受け入れ態勢と一緒に組まれた。議員や農業委員、支部の仲間が宣伝カーに乗って、入党や赤旗購読の訴え、選挙への支援の依頼などを行う。計画は天候のことなど気にすることは殆どなかった。

訴える我と我が身を励まして昨日風塵のなか今日は雷鳴のなか

こうして宣伝カーの走行距離は赤道の一周半に近づいていった。

遊説走破六万キロに迫りつつ今日は芙蓉の咲き揃う道

赤旗購読の勧め

赤旗購読の訴えや入党勧誘の活動にもたくさんの思い出がある。

豊里町（現つくば市）の中山太一町議と一緒に取り組んだ時のこともその一つ。中山さんは、

「とにかく片っ端から俺の知り合いを紹介するから、奈良さんが口説いてくれや。三十部くらいやるべえ」

と言った。中山さんは流石に顔が広い。軒並みどこでも歓迎される。わたしは自己紹介をして、政治状況と赤旗購読の意義を訴える。

「中山さん、まぁお茶一杯飲んで行ってくれや」

と言う新しい購読者に、

「今日は忙しいんで、この次また……」

と次へ急ぐ。夕方暗くなってきて、

「これで三十超えたか。ここらにしとくか」

と行動を切り上げた。

わたしは地元の人たちの厚い信頼を得ている議員の日常の活動に深い敬意を抱いていた。

三十部突破の成れり爽秋の夜道を響く靴音とゆく

党事務所から党支部への電話を通して教訓を聞き、他支部へ拡げたり、支部の抱える悩みに答えたり、支部を励まして成果を挙げていく。この活動にも思い出がある。党勢拡大特別月間に入った日、指導に見えた富沢久雄県常任委員と井上忍地区委員長と三人で、どうやって日刊紙を増やすか協議した。その結果、わたしがまず日刊紙読者を増やす実例を見せ、その教訓に基づいて迫力のある指導をしようということになった。早速運転手と車を用意してもらい、購読の勧めに出かけた。

わたしは建設会社を回ることにした。下請け工賃を値切られた業者の訴えに応えて、元請け業者に不足分を払わせたことがあったからである。回ってみると実際に困っている人に遭い、解決の約束をしたり、「そんな時はいつでも力になります」と訴えた。衆議院選挙候補者の肩書を活かして、建設業者ばかりではなかったが十二人の日刊紙読者を増やし、事務所に戻った。

おのずから気迫伝わる指揮せんと本紙十二部一気に増やす

入党の訴え

入党の説得では幾度も感動的な体験をした。

ある青年を党員であるその友人たちと一緒に説得していた時のこと。ひと通り入党の意義を話し、質問に答えたが、青年は黙りこんでしまった。話しかけても何を応えない。重い沈黙がその場を支配した。夜も更けてきたので、やむなく、

「それじゃ、考えていただくことにして……」

と言おうとしたその時、

「分かった。俺は共産党に入る」

青年が大声で叫んだのだった。一瞬間を置いて拍手が彼を包んだ。次々に握手が続いた。

わたしは長い沈黙の中での彼の決断の推移を想像していた。

きっぱりと一語は部屋に放たれて弾ける如き拍手をさそう

子育て最中の主婦に入党を勧めたいという支部の要請に応え、夜お邪魔したことがある。小さいお子さんを抱いたまま話を聴いてくれた。そのうち眠くなったのかお子さんがむずかり出した。彼女は、よしよしと髪を撫でながらあやしていたが、おとなしくしない。

「寝かせてきますから……」

と彼女は部屋を出て行った。戻ってきた時、てっきり小さい子がいますのでと言われると思っていたら、

「入ります。あの子のためにもいい世の中にしなければなりませんから」

と言ったのだった。

寝むずかる子の髪優しく撫でし手が今入党の決意を記す

こうして来る日も来る日も入党の訴えを続けた。

わたしが、この取り組みが全国で行われていることを思うと深い感慨にとらわれた。

熱き説得は今宵幾千に及ぶべし妊《みご》もれる同志もわがかたえにて

もちろん入党に至らないこともあった。

説得ならず苦きビールを飲み干せりえぇぃこんな日もたまにはあるさ

しかし、辛抱強いこの取り組み抜きに展望を拓くことは出来ないのだ。そう自らに言い聞かせていた。

多数者革命の里程確かに超えて行く今日四人目の推薦署名
新しき同志を迎え帰りゆく我が胸にのみ灯のともる路地
目標遂げて虫の音の降る夜を帰る思い百万の党に馳せつつ

右翼からの襲撃

茨城三区内を駆けめぐっていて、右翼またはそれらしい者から、何度も脅迫や襲撃を受けた。岩井（現坂東市）市議選を前に街頭宣伝を続けていた時、バイクで襲って来た少年があった。一緒に乗って来た仲間たちがビラを配りに散り、わたしは一人でマイクを握って訴えていた。そこへ小型のバイクに跨って体当たりしてきたのだった。

マイクすれすれに少年はバイクよぎらせて悪しざまに親ほどの我を罵る
語調乱さず説き継ぐ我に色なして少年はハンドルの向き立て直す
自らの行為にひとり昂りて理性失せゆく少年の眼は
体当たり寸前「共産党黙れ」という彼に山口二矢《おとや》の貌を重ねる

三区最大の都市土浦の駅前では、三台の右翼の車に取り囲まれた中で演説を続けたこともある。駅前の交番は知らぬ顔。

低劣なヤジ投げてくる右翼らを見下す位置に訴え続く

集まった聴衆の拍手は右翼の妨害への大きな抗議であった。

地元の古河市では、右翼の直接の暴力行為に遭った。当選したばかりの下田京子参議院議員を迎えての演説会にお誘いを兼ねて宣伝カーを走らせていた時だった。隣の結城市からは田上重昌市議が労働者後援会の会員の運転で支援に駆け付けてくれたのだった。

田上市議がスポット演説を続けていた時、突然右翼の車が後ろから追い抜きざま進路を塞いだと思ったら、バラバラと車から降りた右翼たちが宣伝カーを取り囲んだ。車体には「防共挺身隊」の文字が見えた。わたしはマイクを執ると、

「何ですか、あなた方は！」

と叫んでいた。叫んでから、ああやっぱり教師だなあ、こんな奴らにも敬語を使っているとおかしくなった。右翼らは五、六名。「開けろ、開けろ」と車窓を叩いたり、ボンネットに飛び乗ってフロントガラスを蹴っている。

「ご近所の皆さん、ご覧下さい。右翼が暴力行為を行っています。わたしは日本共産党の奈良達雄です。届けを済ませた宣伝カーで、現職の参議院議員を迎えての演説会のお誘いをしています。こんな妨害、法治国家では許されません。日本共産党はこんな野蛮な行為を断固糾弾します」

訴えを聞いて彼らは暴力をエスカレートさせた。

襲撃の右翼の罵声響く時ふつふつと我に満ちてくるもの
不屈の党の誇りマイクに込めて起つ右翼烈しく窓を打つなか
狼狽の色ありありと眼に見せて右翼らなおも車窓を叩く
脅迫を糺す叫びは澄み透れこの暴徒らにゆずるものなく

道の両側に大勢の人びとが何事ならんと顔を出していた。三小の学区なので顔見知りが多い。そこへサイレンを鳴らしながらパトカーが二台走って来た。誰かが警察に連絡をしたのかも知れない。右翼らはたちまち捕縛された。

わたしは田上市議と一緒に警察に抗議に行った。その時、はだしのまま並んで警官の後に付いて行く右翼を見かけた。青年というより少年という感じであった。わたしは、こんな手合いを反共に駆り立てる者に強い怒りを覚えた。

若きらを斬く操れるものの持つ危機感というもかりそめならず
明日のため深き眠りは保つべく怒り鎮める寝返りをうつ

第二歌集『新たな峰へ』をめぐって

一九八〇年十一月、わたしは第二歌集『新たな峰へ』を出版した。党の専従活動家として、また衆議院議員選挙の候補者としての活動を詠ったもので、当時新日本歌人代表幹事の佐々木妙二さんが序文を書いて下さった。

この歌集に対して、歌人の橋本登氏が『新日本歌人』に批評を寄せて下さった。氏は、「絶えざる自己検討、自己批判が人間的停滞から私たちを救い、この過程を日本社会変革の展望に一致させようとする目的意識的な営為の芸術的反映が日々新たな『人間の肉声』として歌になる。奈良達雄氏の作品は、まさにそうした生き方から成立した一典型といえないだろうか」として、次のような歌を挙げている。

木枯の荒び吹く街昂然と北に向かいてマイクを摑む

夜具にまで霜満ちてくる日々を耐えし君が証ゆく治安維持法（池田峰雄氏）
寝息する頬よあしたも輝けとビラかかえ抱く主婦らの未明
都心の夜のフランスデモに到るとき党史はすでに活字にあらず　（以下略）

「……これらの作が情感をこめて訴える『肯定的なものへの共感』は形象としてむしろ単純である。しかしそれは決して『浅薄・単調』ではない」

として、次の二点を指摘する。

「第一は、戦前のプロレタリア文学の流れを正統に発展さすべき方向という視点である。（中略）わが国のプロレタリア文化運動が、自然成長性から目的意識性を獲得した最も重要な指標は、階級闘争の一翼という自覚と責任であった。そこから侵略戦争と軍事的専制に抗しつつ、新しい文化のためのたたかいという戦意と闘志が、プロレタリア運動の初心であった。（『宮本顕治文芸評論集』第一巻あとがき）……ここから現代短歌の民主主義的な発展方向を見定める視点がえられよう。第二は、（共産党員の文学者自体が、党の姿をより具体的に描きだす能力をば彼らの政治的文学的実践を通じてかち取っていく）という点である。（中略）この点でも、国民の切実な要求に基づく闘いのリアリティに裏付けられた抒情豊かに清新な党を歌う奈良作品の意義は大きい。

この主題の芸術性の追求、一層の形象化・具体性の追求は、題材の一層の広範化の追求とともに、さらに新たな峰をめざす作者の重要な課題であろう」

橋本さんがこうした視点から評価してくれたことに心から感謝するとともに、その後の作歌活動に活かしてきたつもりである。

5 竹橋事件の殉難兵士を追って

竹橋事件の真相を明らかにする会の結成

竹橋事件とは「一八七八年八月二十三日に発生した日本ではじめての兵士の反乱。主力は近衛砲兵第一大隊二百六十人あまり。理由には、①西南戦争の褒賞の不公平、②財政困難を理由にした給与削減、③徴兵制にともなう生活不安などがある。蜂起した兵士の一部は、山砲を先頭に赤坂仮皇居（現迎賓館）までせまったが鎮圧され、銃殺刑五十五人をはじめ三百余人が流

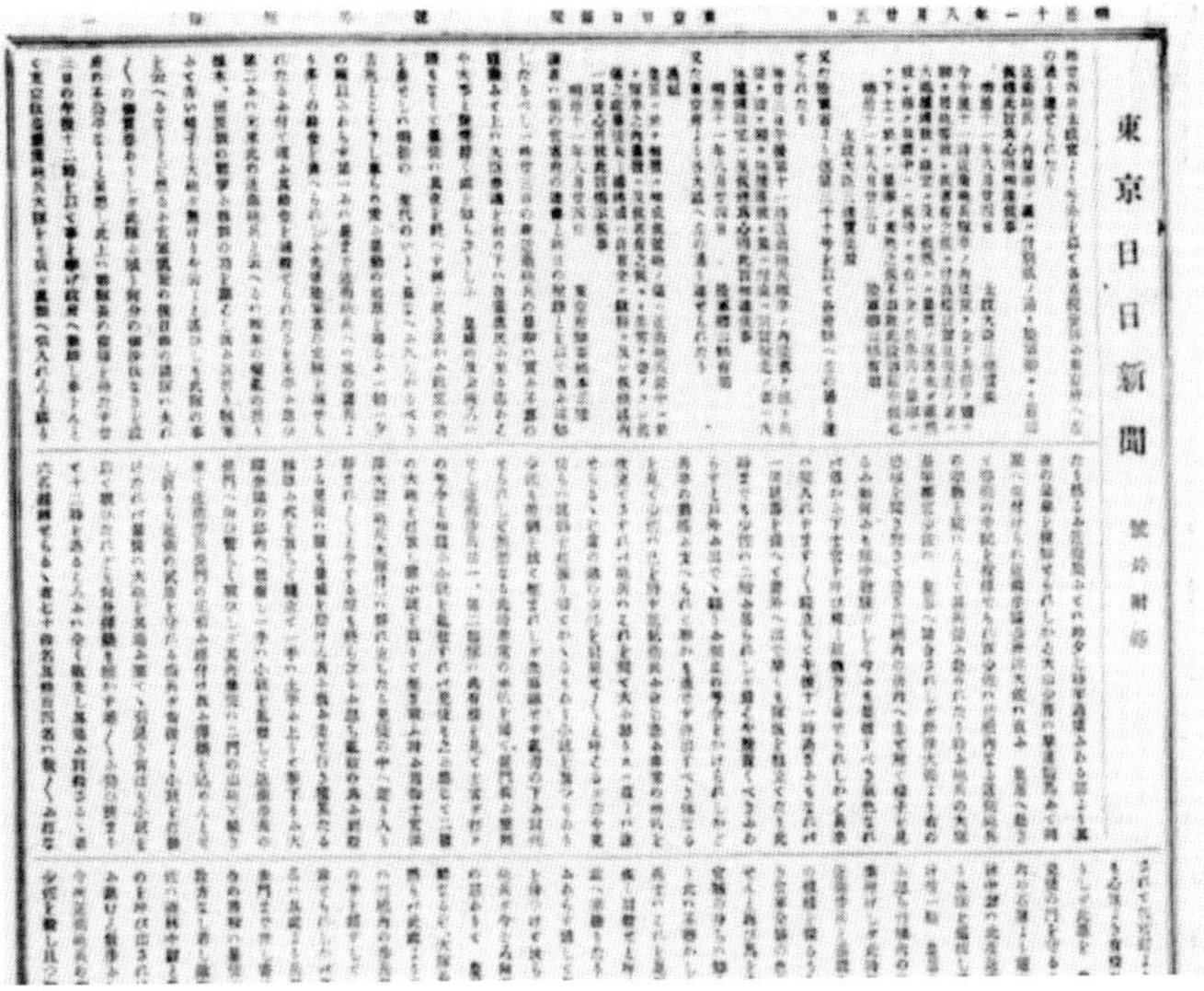

近衛兵の反乱を報じる明治11年8月25日付東京日日新聞

刑、懲役刑、鞭打ち刑、禁固刑などの刑に処せられた。

　蜂起直前、兵士たちに内山定吾少尉は『革命は可なり、一揆は不可なり』と演説している。（『社会科学総合辞典』）

「敵の大将たる者は古今無双の英雄で……」とうたわれた西郷隆盛のプロの兵士薩摩軍を農民出の近衛兵が打ち破ったのである。相応の褒賞を期待したのは当然だが、下級兵士にはまったく冷たいものであった。怒りが爆発したのも当然だった。天皇護衛を第一とする近衛兵が徴兵制廃止を掲げて「天長様に大砲を向けた」のだから、西南戦争の比ではない衝撃を明治政府にもたらした。

「逆賊」への制裁は惨《むご》いものだった。この

事件は権力によって長い間隠されてきたが、判決を下した陸軍裁判所の書いた供述書が麻生三郎氏によって、『竜の軌跡』三部作として出版され、事件の全容が明らかになった。

茨城県出身の兵士は四名が銃殺、六名が流刑・徒刑に遭っている。多くの殉難者を出した県の一つである。

一九七九年八月二十三日、茨城大学教授大江志乃夫《しのぶ》、元衆議院議員池田峰雄、県歴史教育者協議会の関幸平の各氏、それにわたしも加わった呼びかけで、茨城県竹橋事件の真相を明らかにする会が結成された。この日は蜂起百一年目の記念日であった。

茨城の西南地域、常総地方は全国有数の自由民権運動の盛んな地域であった。地租改正反対の真壁一揆は全国のたたかいの導火線となり、政府の地租三分案を阻止し「竹槍でドンと突き出す二分五厘」とうたわれた。時代の制約はあったが、一八八四年の加波山事件は不平等条約の改正、国会開設を訴えた。

自由民権運動の影響は軍隊にも及んでいたのである。

偽りの墓標――門井藤七《かどいとうしち》の子孫を訪ねて

私はまず「真壁郡渋井村」とだけある門井藤七の子孫を訪ねることにした。真壁郡内の行政区、真壁町、協和町、明野町、関城町、大和村の地図を見て渋井という地名を探したが見つからなかった。

「待てよ、明治十一年なら下妻市も下館市もまだ町だったはず。真壁郡だったのではないか」と思い直し、下妻の地図を見たら渋井があった。下妻市議の小島真さんに電話した。

「渋井に門井さんという姓の方がありますか」

「渋井は門井ばかりですよ」

早速一緒に市役所に同行してもらった。

「竹橋事件の犠牲者で渋井の門井藤七という兵士の子孫を探しています。当主のお名前を調べていただけませんか」

戸籍係に行って職員にそう頼むと、ちょっとお待ちをと中へ入っていったがすぐ戻って来て、当主は現在教育委員を務めている門井五雄さんだと教えてくれた。

「あ、それなら分かります。案内します」

と小島市議。私の胸は高鳴った。

門井五雄氏は、顕彰運動の趣旨を告げると丁寧に迎えてくれ、こう言われた。

「本当にありがたいことです。先祖の霊もどんなにか慰められることでしょう」

五雄氏は藤七の甥の子どもにあたるとのこと。五雄氏によると、藤七の口供書には「虎吉二男」とあるが、虎吉の名は門井家の戸籍にはないとのこと。また藤七は養子と伝えられているという。戸籍は何故、どのようにして改ざんされたのだろう。案内された門井家の立派な私有墓地の脇に小さな墓石があった。表に「門井藤七乃墓」、裏には「明治八年近衛兵入　同九年西南戦役出発帰郷後同十一年十月十五日病死」とあった。明らかに事件の存在すら隠し通そうとする権力の非道がそこにあった。わずか二十六歳で銃殺され、その生命をかけた行動すら歴史から抹殺されかかっていた若い兵士の墓に、わたしは合掌し深く頭を垂れた。

四十年程経て、竹橋事件の会のみなさんを案内して藤七の墓を訪れたら、隅っこに小さくなっていた墓が別の門井家の墓地に大きな礎石を下に建っていた。何故移ったのかは尋ねなかったが、顕彰運動の広がりで名誉を回復した結果だとしたら嬉しいことである。

氏神とされていた羽成常助《はなりじょうすけ》

出島村（現かすみがうら市）の村会議員大久保正夫さんと遊説中、電柱に戸崎とあるのを見つけた。殉難兵士羽成常助の出身地である。

大きな立派な門のある家で常助のことを訊こうと宣伝カーから降りた。声をかけると主人らしい男の人が出て来た。

反乱を起こした近衛兵たち

「明治のはじめの近衛兵が反乱した、竹橋事件の兵士羽成常助さんの……」

挨拶もそこそこにそう話しはじめると、遮るようにその人が言った。

「常助はうちの先祖です」

偶然にしろ探しているお宅に飛び込んだということになる。

「澤地久枝さんの小説によると、いやあウチの先祖は偉く元気に活躍したそうで……」

羽成さんは饒舌だった。澤地さんのノンフィクション『火はわが胸中にあり』を読んでいるようで次々に話が続く。

羽成さんは「ワラホーデン」と言ったが藁奉殿でよいのかどうか、屋敷脇にささやかな氏神が祀ってあり、その祭神が常助だという。祖父が祭神として常助の写真を飾っておいたが、何者かに盗まれてしまったという。遺影を盗むなどは類を見ないこと、常助の行為や竹橋事件そのものに悪意を抱く者の仕業としか考えられない。

常助の風貌を想像する手がかりになる弟由松の写真が羽成家の仏壇に飾られてあった。写真は七十歳代くらいか、なかなか偉丈夫といった感じだ。出羽海部屋の力士となり、常陸潟のしこ名を名乗ったという。近衛兵は大柄な人でなければなれないと聞いたが、兄弟揃って立派な体格だったのだろう。

親友の花田久氏からの報告では、羽成家の菩提寺松学寺にある過去帳の明治十一年十月のところに、常助の叔父田次衛門届け出による「晴雲義伝信士」という戒名を発見したという。確証はないが、後述する鈴木直次の戒名「秋雲正忠居士」と思い合わせると羽成常助のものではないかと思われて仕方がない、ということだった。

権力の恐れ示す「沈黙」布告

もう一人の友人で歴史の教師飯村一雄氏の報告によると、稲敷郡阿見町の町内文書に次のような記録があるのを発見したという。「今年来ル七月二十四日徴兵二百名バカリ大蔵省イ切込官員方モ手ヲ負フモノ多ク有之候シカシ沈静相成候トノ御布告有之候事」。この文章中、七月二十四日は八月二十三日、大蔵省は大蔵卿（大隈重信）、「イ」は「エ」の誤り。稀に見る悪文だが、これは竹橋事件の記録に間違いない。阿見町に合併する前の茨城の小さな村にまで「沈静」を布告したということは、厳しい報道規制のもとでも蜂起のことが伝わっていたことを物語っている。間違いの多い文章は権力の慌てぶりを示したものだろう。

徴兵からの守り神――鈴木直次《なおじ》

暑い日だった。宣伝カーで遊説していたわたしの目に止まったのは、電柱の「大国玉」の文字。鈴木直次の出身地ではないか。すると、向こうからお年寄りが歩いて来る。高齢の方ならご存知かも知れない。車を止めてもらって尋ねてみた。

「明治のはじめに起こった近衛兵の反乱、竹橋事件のことを調べています。大国玉出身の鈴木直次という兵士の子孫の方を探しています。ご存知のことがありましたら教えて下さい」

「ああ、それなら鈴木仲丸さんのところです」

わたしはすらすらとした返事に驚いた。教えられた通りの道順をたどって、鈴木仲丸宅を訪ね、名刺を出し来意を告げた。

「鈴木直次はわたしの祖母の弟に当たります。戦争中は逆賊逆賊と言われて、わたしたち子孫は息を潜めるように生きてきました。陸軍記念日とか開戦記念日などには、この辺でも小学校の先生が子どもを連れて戦死者のお墓を回り、線香や花を上げていったものです。けれどもうちの前まで来ると、聞こえよがしに『ここは天皇陛下に逆らった逆賊の墓だから、花も線香も上げることはない』――そう言って唾を吐きかけたり、墓石を足蹴にしていったものです」

仲丸さんはふっと短く溜め息をついた。

「でも、先祖の墓が誰からも疎まれていたかというと、そうではありません。夜、人の足音がするのでそっと出て見ると、じっと墓に手を合わせている人影があるんです。二人或いは三人のこともありました。『鈴木直次の墓にお参りすると、赤紙が来ない』という言い伝えが、誰からともなく拡がって、召集令状が届きそうな若者がこっそりお参りに来ていたのです。近くに平将門の墓と伝わる石塔がありますが、併せてお参りすると徴兵を逃れることが出来ると言われてきたのです」

わたしは背筋がぞくぞくするような感動を覚えていた。権力が彼等にとって都合の悪い人物をどんなに抹殺しようとしても、民衆の中にはその人物が生き続けるということに深く心を動かされたのだった。

「徴兵はいやだ」と叫ぶことの出来なかった時代、徴兵制度廃止を主張して処刑された直次は、民衆の願いに応えてくれる人として崇められ続けたのである。

千年以上も前の天慶の乱で、貴族の腐敗政治に抗った平将門までが引き合いに出されていたのには二重の驚きだった。こちらは逆賊の大先輩である。

仲丸さんは軍から返されて来たという直次の日記を見せてくれた。心躍らせて頁をめくったが、蜂起に向かって決意を固めていったであろう件《くだり》は権力によって無残に破り取られていた。仲丸さんに庭の隅にある直次の墓に案内してもらった。秋雲正忠居士と刻まれてあった。秋雲は愁雲に通じる。愁いに充ちた時代、民衆への正義に忠実であった直次にふさわしい戒名ではないか。おそらく僧侶は直次に深い同情を寄せていたに違いない、そう思われてならなかった。裏面には「明治十一年十月十五日死　東京青山墓地」とだけあった。蟬の烈しく鳴きしきるなか、わたしは静かに掌を合わせた。

如何に生き如何に死ぬやと問い迫る墓碑は音無き雨にぬれつつ

数年後、科学者後援会の人々を案内した時に詠んだ歌である。

6 周辺の自由民権運動を追って

茨城の文学者と自由民権運動

一九九二年の春ごろだったと思う。津田孝さんと田島一さんから頼まれて長塚節の生家へ案内したことがある。往復の道すがら、わたしは茨城の誇る三人の文学者、長塚節、横瀬夜雨、野口雨情がそれぞれ自由民権運動と深い関わりを持っていることを話し続けた。

このころ、ソ連や中国の共産党の誤りに乗じ体制選択論と呼ばれた反共攻撃が盛んに行われていた。候補者としてのわたしは、それを打ち破るために日本の進歩と革新の運動を語り、日本共産党こそその伝統を継承発展せてきたことを明らかにする必要性を痛感していた。

横瀬夜雨について言えば、一九三四年、治安維持法が猛威を振るっていた時期に、科学的社会主義の立場に立つ雑誌『歴史科学』に「地主発生の一考察」という論文を夜雨の名前で発表していること、古代に材を取る形で日露戦争批判の詩を書いていること、プロレタリア作家若杉鳥子に『女子文壇』を通して影響を与えたこと、児童詩教育を通して自由教育や生活綴り方運動の発展に貢献したことなどを語った。夜雨の影響を受けて育った一群の教師た

野口雨情

横瀬夜雨

長塚節

ちは、一九三七年に教育評論家上田庄三郎（上田耕一郎・不破哲三氏の父）を下妻に呼んでいる。

　長塚節について言うと、父源次郎は茨城県議会の議長を務めた自由民権運動の政治家であり、当然その影響下に育っている。節の生まれた年に結成された同舟社は、「関東の高知」と言われた常総地方の自由民権運動の中心となる。節の作品中、この運動と関わって生まれたのは、足尾銅山鉱毒事件を詠った長歌「鉱毒」である。「鉱毒被害民の惨状を詠ずる歌一首」と題した長歌は、

　　下つ毛の足尾の山は。まがつみのうしはく山か。その山に金掘るなべに。かなけ水谷に漲り。をちこちの落合ふ川の。大舟のわたらせ川に。時分かず流れ注げば……。

といった万葉調の長歌の後に、

いかならむ年の日にかも毛の国の民の嘆きの止む時あらむ

の反歌が添えられている。

足尾銅山鉱毒事件は栃木・群馬・埼玉・茨城四県にまたがるたたかいとして発展し、前衛党の誕生を求める胎動の一つとなった。弱冠二十二歳の歌人が秀歌をもって連帯したことを評価したい。大逆事件に材を得た小説の構想もあったという。

野口雨情もまた自由民権運動や社会主義運動との深い関わりの中で育つ。伯父野口勝一は自由民権運動の中で県議を経て衆議院議員となる。伯父の家から東京専門学校(早稲田大学の前身)に通う。わたしは近代文学館で、片山潜主宰の旬刊誌『労働世界』に掲載されていた雨情の社会主義の立場に立つ詩を見つけて驚いた。「自由の使命者」の中にある、

進め、進め、進め、
雄々しき男子《おのこ》よ
けなげなる女《おみな》よ
御身等を救はむ人は
御身等の他にあらじ

の詩句や、「惰民の国の貧民よ」の中の、

夢より覚めて眼を覚ませ
人は一片稜々の
義骨があればそれでよいのだ
富も黄金も革命の
明日の国に何かあらむ

の表現に確固たる史的唯物論の立場を見た。その時は思い至らなかったが、後にこの雨情の思想が「赤い靴」や「黄金虫」、「俵はごろごろ」や「人買船」などにどう形象化されたかを検討することになる。

わたしの話をじっと聴いて下さった津田さんが、

「今の話を『文化評論』に書いてみないか」

と言われた。当時新日本出版社から出されていた雑誌である。わたしは津田さんの勧めに従って原稿をまとめ『文化評論』の編集部に送った。幸い九二年八月号に掲載された。その結果、日本民主主義文学同盟の準同盟員を経ずに同盟員になった。相撲で言えば幕下付け出しである。もっとも今でも幕下なのだが……。

祖父奈良覚右衛門《ならかくえもん》と自由民権運動

学生のころ、長姉に祖父のことを聞いた覚えがある。

「ぼくは三つの時に、旗井のおじいちゃんに一度だけ会った記憶があるけど、あの時覚右衛門さんは何しに来たの」

「なんでも偉い人のことをどうとかこうとか言ってたけど」

聡明な姉にしてはまったく要領を得ない。

「偉い人って？」

重ねて訊くと、しばらくして、

「なんでも熊沢蕃山《くまざわばんざん》を尊敬している人だと聞いた気がする」

最後まで分からず、その時はそのままだった。

教師になってから郷土史を調べ始め、自由民権の志士小久保喜七《こくぼきしち》の名を知った。熊沢蕃山を尊敬していたとあった。

小久保喜七の名は子どもの時に耳にしていたはずだった。小学五年生、六年生のマラソン大会の時、学校からスタートして七キロ程先に立つ小久保喜七の銅像を回って折り返すと言われていた筈だが、心臓が弱かったわたしは二度落伍してしまい、喜七像にたどり着けなかった。いつしか喜七の名も忘れてしまったのだった。

小久保喜七は初心を貫けず変節し、勅選貴族院議員になる。田中正造の遺志を継いで治水対策に力を尽くしたり、破廉恥罪で処刑された加波山事件の志士たちの名誉回復に努めたりした功績はあったとしても、残念な晩年ではある。しかし若いころの喜七は祖父にも加波山事件の志士たちにも信頼されていたに違いない。

後で祖父が田畑を売って金をつくり、喜七の生家に近い所に銅像を建てたのだと知った。覚右衛門に会ったのはその像の除幕式の日だったのだろう。祖父の建てた像は戦争中、軍人や忠臣以外の像は供出の対象とされたために、鉄砲の弾にでもされたに違いない。見ることが出来なかったのだ。

わたしが再び祖父に関心を寄せたのは、妻が勤務校のある埼玉県蓮田市の歴史年表を作るために埼玉県立文書館で資料を探していた時、偶然祖父の論文を見付けたことによる。

「資料を探していたら、おじいちゃんの名前があったよ。何でも、繭の相場のことを書いていたようだった」

と知らせてくれた。

話を聞いて早速文書館を訪ねた。明治時代、埼玉県内で発行されていた新聞を丁寧に調べることにした。なかなか見つからない。焦りを覚えはじめたころ、やっと奈良覚右衛門の名を見付けた。一度しか会っていないのに何とも言えぬ慕わしさを感じた。

繭の相場の話ではない。兵士の学力の問題を論じている。一つ見付けたら後は栞を挟むのがもどかしいほど次々に見付かった。こうして十編の論文を見付けた。二度目に行った時は五編、計十五編の論文を貴重な精神的遺産として得ることが出来た。わたしは拙い「解題」と難解な語彙の解釈、年表に添えて、『草叢の論客・奈良覚右衛門』という論文集を纏めた。東京金町の叔父がとても喜んでくれた。

加波山《かばさん》事件を調べて

新俳句人連盟の方々が、元衆議院議員の池田峰雄さんの案内で加波山事件の跡に吟行会に見えたことがある。わたしにも加わるよう要請があったので事前にこの事件について調べたことがある。

先ず『社会科学総合辞典』を見ると項目自体がない。三島通庸《みちつね》の暗殺を狙ったこの事件に積極的意義はないとしたのだろう、と勝手に想像した。そこで志士たちの檄文を読んでみることにした。

「ソモソモ建国ノ要ハ衆庶平等ノ理ヲ明ニシ各自天与ノ福利ヲ均シク享クルニアリ。而シテ政府ヲ置クノ趣旨ハ、人民天賦ノ自由ト幸福トヲ扞護スルニアリ。決シテ苛法ヲ設ケ圧逆ヲ施スベキモノニアラザルナリ」

百二十年も前にそう宣言した人があったことに少なからず驚いた。続く文に「外ハ条約未ダ改メズ」とも、「以ツテ自由ノ公敵タル専制政府ヲ転覆シ、而シテ完全ナル自由立憲政体ヲ造出セント欲ス」ともあり、志士たちの主張が国会開設と憲法制定、不平等条約の改定にあったことを知った（詳しくは拙著『社会進歩に尽くした茨城の先人たち』参照。アマゾンに電子書籍あり）。

加波山事件の志士。玉水嘉一と富松正安

たった十数名の決起でこうした目標が達成出来る筈がない。その誤りは明白だが、主張については評価に値しよう。

「完全ナル自由立憲政体ヲ造出セン」、ここまで読んで、祖父がこの檄文に感動し、その長男であるわたしの伯父に「自由造」と名を付けたに違いないと思った。

子どものころ、さつま芋の配給の不公正に抗議した時、父母はいわゆる世間体を気にしてわたしを叱ったが、社会正義をめざして駆け回っていた祖父に重ねて「旗井の血」と言ったのだろう。

覚右衛門の論文に学んだこと

覚右衛門の論文は農家の経営を守るためのものが多い。「生繭競売の弊」「養蚕を投機業とするの不可」は、養蚕農家が組合を組織して生産に見合う繭の価格を確保することを主張したり、「蓮根培養の方法及び利益」や「養魚の有利」では米以外の収入を増やす方策を熱心に説いたりしている。「耕地整理の実行を望む」は当時としては先進的な主張だったのだろう。「古来小農制の為め文明国の農具を応用すること能はず……」とある。

読んでいて最も感動したのは、「村治と経済の運用」で、連作の弊害について述べた後、「中農以下の窮困は実に非常なりと言ふべし。加ふるに諸物価騰貴し況んや昨年気候の不順により意外の不結果を見しものに於ておや。之等救済の策は如何にして可ならんか。思へば社会主義者の起るも豈偶然ならんや。」

という件《くだり》である。続いて「余の立案として聊《いささ》か卑見を開陳し大方の教示を請けんと欲す」とあって、提案していることは、生活必需品、学用品などの共同購入や、この地方の物産の売買など、今日の生活協同組合的な程度でしかないが、一八五九（安政六）年生まれの祖父が、社会主義を肯定的に見ていることに心を打たれたのである。

茨城県西の自由民権運動は、同舟社が江戸時代の江連用水の掘削で米の収穫を増やしたり、診療所を建てたり、岩井の中山元成《もとなり》が品種改良したお茶の輸出に成功したり、一揆や村方騒動と違ったかたちで成果を挙げているが、祖父も農民の暮らしの向上を願っての活動だったのだろう。

祖父の論文に堀越寛介の名があったのを喜び読んだ。彼は田中正造の盟友で、当時三百名の衆議院議員の十分の一、つまり三十人の賛成がなければ質問演説をすることが出来なかった規則のもとで、いつも真っ先に署名し正造の圧倒的な数の質問を支えた埼玉の議員だった。

7 政策活動と二つの選挙

県議選の区割り是正

共産党県政策委員長としての主な仕事は県政の分析・批判と改善を図る政策提起、県に関する国の予算の検討と改善策の提起である。具体例を挙げても県政の遅れを晒すだけなので、全国的に共通する二つの問題に絞ることにする。

一つは県議選における一票の格差を一対二以下にする民主的な区割り案を作成したことである。茨城に限らず県議選の格差は殆どが一対二以上になっている。その原因は多数の一人区二人区の存在である。そして一人区二人区の場合多くが無競争になり県民の投票権が奪われている。

わたしは、県の人口に基づいた県議の定数の枠を守り、市と境界を接する町村との合区を認める法律に則って、一票の格差を一対二以下にする、新たな県議の区割り案を作成してみた。そうすると必然的に小選挙区はなくなり、すべて三人区以上の区割りとなった。

記者会見でこの案を提起すると記者の中から驚きの声が上がった。県議選挙の区割りを固定的に見ていて、一票の格差を当然視していたことに警鐘を鳴らす結果になったのである。その後の町村の合併で多少の変化は生じているだろうが、基本は変わらない筈である。

勿論保守勢力がこうした民主的な案に簡単に同意するとは思えない。しかし事は基本的人権に関わること、住んでいる地域によって、〇・七票とか〇・六票の値打ちしかないなどということが許されてよい筈はない。

今全国各地の弁護士会が国政選挙での一票の格差の問題で訴訟を起こしているが、このたたかいと結んで大義と正義を前面にかかげ、民主的な対案を示して訴えてゆくことが求められているのではないか。試してみることをお勧めしたい。

高レベル放射性廃棄物の処分をめぐって

二つ目は、高レベル放射性廃棄物の処分をめぐる問題である。安全な処分方法は今なお確立されていない。しかし、「高レベル放射性廃棄物の処理処分は技術的に安全を保障できる。問題は、放射性廃棄物というダーティなイメージを変え、地域住民に受け入れやすい条件を整えることだ」とする調査研究が秘かに行われていた。

この研究は、「高レベル放射性廃棄物最終処分の立地が地域社会に及ぼす効果に関する調査研究報告書」という文書に纏められていた（一九八六年三月）。わたしがそれを知ったのは三年後の八九年十月のことである。この研究を行った高レベル廃棄物処分施設に関わる地域社会経済調査員会のメンバーには、（財）日本総合研究所会長の岸田純之助氏を委員長に、電力中央研究所や動力炉・核燃料事業団、東京電力などの幹部が名を連ねていた。

当時、わたしの選挙区であった真壁町の山尾《やまのお》（関東の名山筑波山の中腹）で電力中央研究所などが行った岩盤調査が住民の論議を呼んでいた。この調査が核廃棄物の最終処分場を想定したものではないか、という強い疑念からである。町当局は、超伝導の研究のためとか、地下発電所の建設のためとか、くるくると答弁を変え、住民は不安をつのらせていた。追及する共産党町議宅に右翼の宣伝カーが乗り付けてわめき立てるなど、緊迫した空気の中で、核廃棄物の処分問題の政策化が迫られていた。

わたしは当時発行されていた赤旗評論特集版に、「放射性廃棄物処分をバラ色に描く報告――茨城・真壁町での放射性廃棄物処分場設置をめぐって」という論文を発表した（一九八九年十一月十三日）。

町当局はこの調査が地場産業（石材）の振興、町の発展に役立つという触れ込みで、「ロックポリス（石造都市）構想」なる計画を出してきていた。まさに、「ダーティなイメージを変える」という報告書の狙いそのものではないか。

わたしは、核廃棄物の地層処分(ホウケイ酸ガラスに固化した廃棄物をキャニスターに入れ、地下深く埋める方法)は半減期の長い核種に安全性は保証出来ないこと、安定した地層(一辺が二・二キロメートル以上、一〇立方キロメートル以上の穴を掘れる広さ深さが必要とされるという)は日本にはなく、不可能だと指摘した。

「報告書」は、処分場の建設・操業によって地域経済への波及効果を力説している。これは飴の部分である。わたしは四年前、つくば市で行われた科学万博の際、大手企業の進出で地域の中小の建設業者や土産物店の倒産が相次いだことを例に、見通しの甘さに乗ってはならないことを警告した。

財源の問題で報告書は、電源三法交付金を挙げているが、これは原子力施設設置の「危険手当」である。一方で「安全性」を既定の事実にし、一方で危険手当をあてにする、これは大きな矛盾である。苦しい地方財政からの支出を迫るために使われたキャッチフレーズ、それが「二十一世紀に向けてのわが国最大級のプロジェクト」、バラ色の夢なのである。

安全性の暴露では、八四年、八五年の二度にわたって行われた筑波山での放射性物質の拡散実験の意図に触れた。

日本気象協会の報告によると、筑波山を中心とした半径五キロ以内で、放射性物質の異常放出大気拡散を想定した模擬実験調査が日本原子力研究所の委託によって実施されている。東海村でなく、何故筑波山だったのか。これは明らかにガラス固化された放射性廃棄物から、高温ガスに乗った放射能が拡散されることを想定したものに違いない。

報告書はまた、処分場の空間を様々に利用出来るとして、「温度、湿度、隔離性などの特性を利用した柑橘類、蔬菜（そさい）などの貯蔵」「独特のスペースイメージや音響を活用した文化的・芸術的行事の会場」「地下の深度を利用した地球理学系の観測実験施設」などなど思い付く限りのプラスイメージづくりに沢山の例を挙げている。ダーティなイメージを消そうと必死になっているが、如何なる代償も処分場の安全性と引き換えには出来ないことを断言しておいた。

住民を欺くことに知恵をしぼるより、先ず放射性廃棄物をこれ以上増やさないために原発を止めること、放射性廃棄物を安全に処理する方法の研究に本格的に取り組むこと、そのための国際的交流を図ることの重要性を強調した。潜在的核兵器保有などに拘ってはならないことは言うまでもない。

襲撃も焼き得ぬバラを──二度目の知事選

一九八七年、わたしは茨城の革新勢力の薦めで二度目の知事選に立候補した。告示前日の四月十一日、演説を終えて選挙事務所になる水戸市栄町の東部地区委員会に引き揚げた。事務所で休んでいると、玄関の方で騒がしい声が聞こえた。一人の酔漢が事務所に乱入して怒鳴り散らし、大物を出せと叫んでいる。

地区委員長の座古善隆さんが出て行った。静かな同志だから、事なく収めてくれるだろうと思った。酔漢は大物を出せ、とまた怒鳴った。

「貴様、名前は何てんだ！　大物か」

「わたしは座古ですが……」

地区委員長は冷静に応えた。奥で聴いていたわたしには、取り合わせの妙で「雑魚ですが」と聞こえた。雑魚ならぬ大物の対応で酔漢は退場して行ったが、わたしは笑いをかみ殺すのに苦労した。

右翼らしい酔漢の乱入が翌早暁の前兆になろうとはまったく思ってもみないことだった。

翌朝早く、けたたましいベルに起こされた。県委員会からの電話だった。

「事務所が右翼の襲撃で全焼しました。それで急遽市議候補も本田さんの所へ事務所を移しました。出陣式は本田事務所前で行うことになりますので、そちらへ向かって下さい」

またかと思った。前回の知事選の時もガラスを破られたのだ。右翼への怒りが込み上げて来た。急いで支度をすませ水戸へ向かった。乗り換えの小山駅で水戸線のホームを歩いてい

ると、

「奈良先生ですね」

と呼び止められた。帽子から助役さんだと分かった。

「はい、奈良です。お早うございます」

「無法者が何をしでかすか分かりません。充分お気を付けになって下さい。ご健闘をお祈りします」

「ありがとうございます」

朝のニュースで事務所焼き打ちを知ったのだろう。わざわざ呼び止めて声をかけて下さったのだ。

事務所ではみんな緊張した面持ちで出迎えてくれた。もし昨夜泊まっていたらと思うとぞっとした。候補者は目立つように胸に造花を着けるのだが、用意した花も焼かれていた。


胸に挿す花焼かれたり襲撃も焼き得ぬバラを胸に咲かせる

出陣に臨む胸の裡を詠んだ一首である。

全市町村で得票を伸ばす

この知事選でわたしは、中曽根内閣の「売上税創設」を容認する竹内県政を厳しく糾弾し、「茨城県知事選挙の結果を見て、中曽根総理が『売上税の導入を断念した』という選挙にしよう」と呼びかけた。また、大型開発優先・「日本一遅れた暮らしの行政」転換、住民本位の開発による地域経済の発展、非核平和県宣言の実現を訴えた。

県内の市町村を次から次へ送られるそのたびに、地方議員や地域後援会の幹部が先導車に乗ったり、候補者カーに同乗したりで、団結の固さを身にしみて感じた。

投票日の事務所は、開票を待つ支持者やマスコミ関係者で一杯になった。

「桜村で四七パーセントだぁ」

報告が入ると、ワァーッとどよめくような歓声が上がる。

「古河市は四一パーセント」

また歓声だ。地元の大きな支持はありがたかった。

結果は全県九十二市町村すべてで前回票を上回った。地元紙の「知事選を振り返って」という記者座談会の記事には、「竹内氏、実質的に敗北」「奈良氏見事！　全市町村で伸長」の見出しが躍った。

共産党県委員会の茨城民報は、「奈良氏十五万台に」「売上税容認にノー」「中曽根政治直結に痛打」と書いた。事務所の焼失で演説会のポスターが焼かれ、各地で演説会が中止に追いこまれるなかで、党と後援会・支持者の方々の大奮闘の結果だった。ほどなくして「売上税断念」のニュースを耳にした。

注目を集めた参院補選

茨城県選出の自民党K参議院議員の急死で、急遽補選が行われることになった。一九九二年のことである。自民党県連は同情票を狙ってK氏夫人を擁立、社会党はお家の事情から立候補を見送り、続いて立候補したわたしとの自共対決、一騎打ちの選挙になった。

当時の宮沢内閣は、二十一人の閣僚のうち十人がリクルート疑獄に関与する金権腐敗にまみれた内閣だった。鉄骨加工メーカー共和からの資金供与疑惑と佐川急便による政界工作が発覚、自民党幹部や閣僚に数百億から数千億円の汚れた金が流れたとされていた。共産党は二つの疑惑の徹底解明を要求し、関係した政治家の責任を追及、「金権腐敗政治を根絶するための提案」を発表してたたかっていた最中だった。

ただ一つの国政選挙として全国の注目を集めることとなり、告示前、水戸市で行われた街頭

不破委員長を迎え、日本共産党の勝利で金権腐敗政治一掃、コメを守ろうと開かれた街頭演説に聞き入る人たち＝29日、水戸市、ダイエー前

悪政続ける自民に審判を

参院茨城補選

不破委員長が奈良候補応援

歴史の先駆者 日本共産党への支持訴え

街頭演説に1500人

【水戸】日本共産党の不破哲三委員長は二十九日、自共一騎打ちの参院茨城補選（四月十二日投票）で奮闘する奈良たつお候補（51）＝党県副委員長＝応援のため、水戸入りし、ダイエー前での街頭政談演説で、国民の声を代表して「腐った自民党政治に審判を」と訴えました。同演説には、他党支持者からも期待が高まり、雨のなか、約千五百人が参加。オレンジ色ののぼりをたて、手に風車を持った婦人などが盛んな声援を送りました。

奈良候補（右）への支持を訴える不破委員長（左）。中央は北嶋誠氏（県農協青年連盟委員長）＝29日、水戸市・ダイエー前

奈良候補は、大きな拍手のなか、自民党の金権、国民いじめの政治を批判し、「真理が多数になる時代を築くため、茨城の良識を示そう」と訴えました。

不破委員長は、自民党が、金権政治批判をそらそうと、「一部の不心得者」の問題としていることをまずとりあげ、リクルート事件の宮沢首相、共和事件の鈴木元首相、佐川では現職閣僚など、「政府・自民党の首脳部自体が不心得者でいっぱいではないか」と痛烈に批判しました。ついで、問題は、自民党政治の全体が、財界・大企業との金権の結びつきで、国民に背をむけた悪政をつづけてきたことにあると強調。納税者の権利の保障のないこと、高齢者の差別医療、職場の長時間労働、農業の衰退とコメ輸入自由化、アメリカいいなりの自衛隊海外派兵計画など、「国民の全体が金権政治の被害者」であることを、外国の実情とも比較しながら告発しました。

（2面につづく）

国民全体が〝金権〟の被害者

希望もてる農業に

北嶋氏（県農協青年連盟委員長）が訴え

街頭演説では、北嶋誠氏（県農協青年連盟委員長）が奈良たつお候補を応援。県農政連が、自民党の狩野安候補の推薦を強引に決めた直後だけに、話題をよんでいます。

「自民党農政をどう転換していくか。（自共両候補への）公開質問だけでは農政を変えることはできない。私の方から頼んで話をさせていただくことにした」と切り出した北嶋氏は、宮城の青年連盟委員長からも、「宮城は、自民党農政ノーの結果をだした、次は茨城の番だ」と激励されたことを紹介。「自民党には、具体的農政がなく、社会党は自分の政党の都合で逃げだしてしまった」とのべ、「希望をもって農業にとりくめる政治を」とよびかけると聴衆から、盛んな拍手が起きました。

1992年の参議院茨城補欠選挙で、奈良候補の応援演説をする不破委員長（1992年3月30日付赤旗）

演説会には不破委員長（当時）が駆け付け、赤旗一面トップを飾った。出陣式には金子副委員長（当時）が、告示後の屋内演説会には就任直後の若き志位書記局長（当時）が駆け付けてくれた。わたしは自民党候補の個人ビラの美辞麗句に具体的に反論し、共産党の政策と対比しつつ大きな支持をと訴えた。

この選挙で、古河市では五一パーセントの得票率を得た。古河市の開票が終わった時、市の選挙管理委員長が立会人の野口徳さんに、

「これで古河市の面目が立ちましたね」

と声をかけてきたそうだ。また古河市選出のA県議が自民党県連から大目玉を喰ったとも聞いた。

もうしばらくの「戦力」に

わたしは八十六歳、そろそろ足元もおぼつかなくなってきているが、新日本歌人協会全国幹事、歌人9条の会の呼びかけ人、田中正造を現代に活かす会の代表世話人、古河市9条の会の代表世話人のほか、共産党茨城県後援会幹事、同文化後援会の代表世話人などを何とか務めている。

新日本歌人協会の近県集会や、各地の多喜二祭、啄木祭、田中正造シンポなどのほか、各地の各種の民主団体から要請を受け講演活動を行ってきた。戦争法に反対する茨城県西市民連合や市9条の会の署名活動ではマイクを握ってきた。

こうした活動を評価していただいて、「庶民のノーベル賞」と言われる「下町人間庶民文化賞」を授与されたのは光栄なことであった。また、茨城のプロレタリア文学者の足跡の掘り起こしの仕事で、対立を続けてきた県当局から「茨城文学賞」をいただいたのは複雑な思いであった。空前の「蟹工船」ブームなどの影響もあったかも知れない。

連載を終わるに当たって、拙いエッセイをお読みいただいたり、感想を送って下さったりした方々にお礼を申し上げたい。

わたしの半生（十分の九生と言うべきかも）を振り返っての自己評価ということになれば、旧作の次の一首になろう。

「うなじ挙げて生きて来たか」なら頷こう「胸張れるか」には単純じゃない

だが、もう少し茨城の民主勢力の「戦力」でいたいと思う。

V章

終章に代えて——田中正造に学ぶもの

最後に、二十五年にわたって続けてきた田中正造顕彰運動の成果の上に立ち、憲法五原則に則って最近の安倍政権の政治を批判し、締めとしたい。

1　基本的人権の尊重

まず指摘したいのは、安倍総理の人権意識の希薄さである。国も氏名も言葉も奪った韓国併合、「従軍慰安婦」問題、強制的な徴用工問題に対し、罪の意識を持たざるが如き対応である。日韓関係悪化の根幹がここにある。

また夫婦別姓や同性婚を認めないなど、男女平等や性的マイノリティに対する無理解、優生保護法による被害者やハンセン病の患者・家族に対する対応の遅さ、不十分さなど随所にそれが表れている。

田中正造は、一九一二（明治四十五）年三月二十四日の日記に次のように記している。

人権亦法律より重シ。人権ニ合するハ法律にあらずして天則ニあり。国の憲法ハ天則より出づ。只惜む、日本憲法ハ日本的天則に出しなり。宇宙の天則より出でたるニハあらざるなり。

ここで言っている「日本憲法」とは勿論大日本帝国憲法（明治憲法）のことである。

「臣民」の権利については「法律ノ範囲内ニ於テ」とか、「臣民タルノ義務ニ背カザル限ニ於テ」という制限が付いており、とどめは、「戦時又ハ国家事変ノ場合ニ於テ天皇大権ノ施行ヲ妨クルコトナシ」という文言である。これでいつでも「非常時だ」「戦時だ」と言って国民の基本的人権を奪ってきたのだ。安倍政権が憲法改悪の一つとして、「非常事態宣言」を持ち出してきたことは、旧憲法への回帰以外の何物でもない。

共謀罪の下での思想・信条・言論・表現の自由や野放しのままの一票の格差の拡大など、安倍内閣のもとでは、天則として当然認められるべきことが法律の名の下に侵されている。

2 議会制民主主義

田中正造は、議会での質問・討論を最大限活用した。正造の在籍した十一年間、三百人の衆議院議員の総討論数は二百十二回、一人平均一度にもなっていない。正造のそれは三十一回、全体の七分の一を超えている。

当時の議員法では、質問を行うためには議員の十分の一、つまり三十人以上の賛同が必要だった。正造の発言となれば、超党派での賛同者が出たという。討論の場が保障されたのである。

一八九七(明治三十)年二月十六日に正造が提出した「公益に有害の鉱毒を停止せざる義に

つき質問書」は、群馬・埼玉・栃木三県選出の議員が共同で練り上げたもので、全文の印刷物が事前に被害地に配布されたという。まさに共闘の先駆をなすものである。

議会は言うまでもなく言論の場である。ところが、今の安倍政権下の議会は、野党の憲法に基づく正当な要求を無視し、予算委員会を開かず逃げ回る。党首討論はあまりにも短く、形式的だ。さらに、討論時間は短く、討議に必要な資料は黒塗り、強行採決の連続である。明治のころの国会にも劣る恥ずかしいものとなっている。

3 主権在民

安倍政権はサミットを三重で行い、海外首脳に「神の国」を売りこんだ。また、皇室内部からの意見さえ無視して大がかりな天皇代替わりの儀式を行ったり、改元問題ではマスコミを総動員して天皇の制度の政治利用を図ったりした。さらにまた、「天皇を元首とする」という改憲案を公式には否定していない。「主権在民」の意識がきわめて希薄と言わざるを得ない。

田中正造は、明治天皇への直訴状でこそ「草莽の微臣田中正造誠恐誠惶《せいこうせいこう》頓首頓首謹みて奏す」と最大限に遜《へりくだ》っているが、一九〇一（明治三十四）年二月の日記には、「国家ノ根本ヨリ腐敗セシムルモノハ之レ却テ勤王ナリ」とある。

沖縄県知事選における玉城デニー知事の圧勝、県民投票における圧倒的な反対の意思表示、それを無視しての強行、これ程地方自治の破壊はない。イージスアショアの設置も初めから山口、秋田ありきで、住民の意思を顧みようとしない。

足尾銅山鉱毒事件では、鉱毒の被害のため納税出来ず、被選挙権・選挙権を持つ者が一人もいない村が栃木・群馬で十九を数えた。正造はこのままでは政府の思いのままにされると、鉱毒議員を選んで対策を執ることにする。十九の村で千九十人もの議員が選ばれ、被害民の救済、川俣事件の無罪獲得演説会の組織などの中心になった。

明治政府は、鉱毒を含んだ水が首都に流れこむのを恐れ、栃木県の谷中村とともに埼玉県の川辺村、利島村を廃村にして遊水地化を図った。これに対し川辺・利島両村は、正造の指導のもとに合同大会を開き、「国・県が堤防を築かずんば我等の手にて築くべし。而して納税・兵役の義務を負わず」との決議をあげ、村を守った。

正造は「利島・川辺のたたかい見事」と讃えているが、地方自治を守った典型的なたたかいと言えよう。このたたかいは栃木・群馬・埼玉・茨城四県にとどまらず、被災地の視察運動など全国的な支援の中でたたかわれた。国の誤りを地方から正したのである。

沖縄のたたかいもぜひ全国に支援の輪を広げ、勝利しなければならない。

5　恒久平和

最後は恒久平和の問題である。

一九〇八（明治四十一）年四月五日付『田中正造翁談』という資料がある。表題は「海陸軍全廃」とある。

……此の大勝利と云ふ好機会に乗じて、日本が世界の前に素裸になる。海陸軍の全廃だ。是れが弱小国の口から出るのでは、折角の軍備全廃論も力が無いが、大戦勝の日本は軍備全廃を主唱する責任がある。否や、権利がある。此の機会を逸してはならぬ。是非とも此の一大主張を携へて日本の全権が出掛けねばならぬ。（中略）

若し万国平和会議で、日本の主張を拒絶して、軍備全廃を否決したなれば、日本は自分だけで、海陸軍を撤去しなければならないと云ふのでがす。『勝つて兜の緒を締めよ』と云ふことを、世間で一概に軍備を拡張することだと思ふのは大変な誤解で、軍備全廃と云ふのが、ほんとの『勝って兜の緒を締める』だと云ふことには何人も気が付かない。

国際紛争を武力で解決しようとすることの愚かさを厳しく糺していることが分かる。現憲法が第九条で戦争放棄・軍備全廃をうたう四十年も前のことである。

一九一一（明治四十四）年六月の日記には次のように記されている。

道は二途あり。殺伐を以てするを野獣の戦とし、天理を以てするを人類とす。人類は天理を以てせるものなり。野獣言語少《すくな》し。意思の通ぜざる、より腕力に是非を決す。人は人語を解せり。人語の人類として何を苦《くるし》んで腕力を以てせるものなるか。恰《あた》かも野獣の争ひに同じ。人と獣との区別なかるべからず。今の世の人類にして、人の行ひを学ばず務めず、互に人にして獣を学べり。以て殺伐を事とす。

わたしは、二年前の田中正造シンポジウムで、正造のこの主張が今日も生きていること、世界の歴史はこの主張の正しさを裏付けていることを具体例を挙げて訴えた。

例えば一九六二年のキューバ危機、核戦争の一歩手前までいったが、その後の努力でアメリカとキューバの国交回復にまで至っていること、コロンビアの内戦は武力勢力が選挙で競うことになって解決したこと、九四年の米朝対立ではクリントン政権が先制攻撃の一歩手前までいったが、カーター元大統領の訪朝や、韓国の金泳三大統領の「韓国軍は一兵たりとも動かさない」という態度表明で核戦争を思いとどまらせた例などを挙げ、北朝鮮の核問題も粘り強い努力が必要なことを強調した。

安倍政権の改憲策動は、集団的自衛権の名のもとにトランプ政権の軍事行動に与《くみ》する危険な狙いを持つもので、断じて許せない。「天理を以てするを人類とす」——憲法九条の精神を生かした平和外交に徹するべきである。

あとがき

踏み来し路を振り返って、改めて妻や子どもたちに心からお礼を言いたい。「良い教師になるために」とわたしを選んだ妻に、援助どころか何役もの苦労を負わせることになってしまった。にもかかわらず、妻は教え子たちに慕われ、教師冥利につきる実践を重ね、教職を退いたわたしを羨ましがらせた。妻は六年生担任が多かったが、卒業式の夜のことを詠ったわたしの歌がある。

巣立つ児ら送りし妻の夜は長くもの言うたびに声詰まらせる

立派な後継ぎの仲間への援助も妻の誇りで、この点でも尊敬のほかはない。
子どもたちにも苦労をかけるばかりで、教師らしい豊かで温かい交流が出来なかった。本当に申し訳ない気持ちである。にもかかわらず、今それぞれの職場の仲間の信頼を得て、立派に活動してくれていることに感謝し、誇りに思っている。記してきたわたしの生きざまや活動についての評価を待ちたい。

教師時代に交流のあった人たち、党活動を共にしてきた同志たち、短歌や文学の仲間たち、平和運動や9条の会で知り合った仲間たちからは率直な感想や批判を寄せていただけたら幸いである。

最後に、いろいろ感想や励ましをいただいた方々と、これを書くようお勧めをいただき、ご苦労をおかけした『民主文学』の編集長・宮本阿伎さんに心からお礼を申し上げ、「あとがき」を結ぶ。

奈良達雄

二〇一九年九月

奈良達雄（なら　たつお）

1932 年、茨城県古河市に生まれる。
新日本歌人協会全国幹事、憲法９条を守る歌人の会呼びかけ人、日本民主主義文学会会員、田中正造を現代に活かす会代表世話人。

【著書】
『野口雨情こころの変遷』『時代の証言――短歌でたどる日本共産党の 75 年』『文学の先駆者たち』(以上、あゆみ出版)、『文学の風景』『若杉鳥子――人と作品』(渡辺順三賞受賞)『野口雨情――名作の底に流れるもの』(以上、東銀座出版)、『歴史のなかの文学』『文学の群像』(茨城文学賞受賞)（以上、青龍社)、『歴史に生きる文学』(下町総研)、『短歌の諸相』『短歌社会歳時記』（以上、短歌新聞社)、『社会進歩に尽くした茨城の先人たち』『生きること詠うこと』（以上、青風舎)、『日本共産党はいかに詠われたか』(光陽出版)、歌集『風巻きて』『裡なる薔薇』(以上、青磁社)、『セドナの軌道』（北斗社)、『われらの詩型』(短歌新聞社)、『奈良達雄自選歌集』（いりの舎）他。

踏み来し路の一つひとつを

2019年11月20日　初版第1刷発行

著　者　奈良達雄
発行所　青風舎
　東京都青梅市裏宿町636-7
　電話 042-884-2370　FAX 042-884-2371
　振替 00110-1-346137
印刷所　モリモト印刷株式会社
　東京都新宿区東五軒町3-9

☆乱丁・落丁本はお取り替えいたします。

ISBN 978-4-902326-64-2 C0023

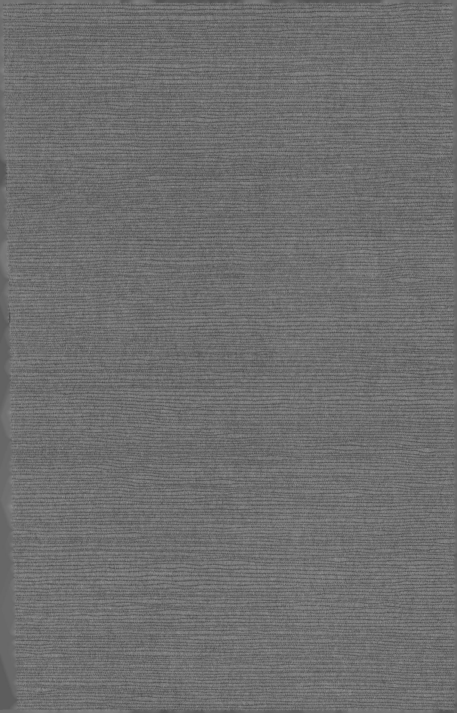